絶対好きにならない同盟

～未来への一歩、きみと一緒に～

夜野せせり・作
朝香のりこ・絵

集英社みらい文庫

「絶《ぜっ》対《たい》好《す》きにならない同盟《どうめい》」とは…

「恋《こい》しない！」と思《おも》っている女《おんな》の子《こ》たちが組《く》んだ同盟《どうめい》。
だけど、少《すこ》しずつ心《こころ》の変化《へんか》があって…？

もくじ CONTENTS

真帆《まほ》 < 蓮見《はすみ》くんのことが大好《だいす》き

森下真帆《もりしたまほ》

中《ちゅう》1。元気《げんき》な性格《せいかく》。蓮見《はすみ》くんに片思《かたおも》いしていたけれど、ついに両想《りょうおも》いに。

蓮見《はすみ》 怜《れい》

中《ちゅう》1。真帆《まほ》の家《いえ》のおむかいに引《ひ》っ越《こ》してきたクールな男子《だんし》。趣味《しゅみ》はお菓子《かし》づくりだけど、周囲《しゅうい》にはヒミツにしていた。

サイアクな失恋《しつれん》をして「恋《こい》なんかしない！」と思《おも》っていた真帆《まほ》は
おむかいに引《ひ》っ越《こ》してきた、クールな蓮見《はすみ》くんを
好《す》きになってしまった！　少《すこ》しずつ心《こころ》の距離《きょり》が近《ちか》づいていき、
バレンタインでついに両想《りょうおも》いになって……？

桃花《ももか》

一生《いっしょう》だれとも、レンアイしない！

江藤桃花《えとうももか》

中《ちゅう》1。カワイイのでとってもモテる。両親《りょうしん》が離婚《りこん》し、母《はは》とふたり暮《ぐ》らし。両親《りょうしん》の関係《かんけい》を見《み》て、「恋《こい》なんかしない！」と思《おも》っていたけれど……？

河合晴斗先輩《かわいはるとせんぱい》

中《ちゅう》2。新聞部《しんぶんぶ》と演劇部《えんげきぶ》をかけもちしているモテ男子《だんし》。

桃花《ももか》は晴斗先輩《はるとせんぱい》の誕生日《たんじょうび》プレゼントで

「1日限定《にちげんてい》の彼女《かのじょ》」になることになり、ついに両想《りょうおも》いに……！

ひかる＜男子恐怖症《だんしきょうふしょう》だったけど、カレができて……？

吉川《よしかわ》ひかる

中《ちゅう》1。男子恐怖症《だんしきょうふしょう》だったけど、やさしい宇佐木《うさぎ》くんとつき合《あ》っている。演劇部所属《えんげきぶしょぞく》。

宇佐木侑太《うさぎゆうた》

中《ちゅう》1。ひかるの彼氏《かれし》でクラスメイト。明《あか》るく人気者《にんきもの》。演劇部所属《えんげきぶしょぞく》。

男子恐怖症《だんしきょうふしょう》だったひかるだけど、宇佐木《うさぎ》くんとつきあって
幸《しあわ》せな日々《ひび》を送《おく》っている。

アキ〜恋《こい》する気持《きも》ちがわからない歌姫《うたひめ》!?

月岡《つきおか》アキ

中《ちゅう》1。歌《うた》うことが大好《だいす》き。「恋《こい》する気持《きも》ちがわからない」と思《おも》っている。

新《しん》川《かわ》朔《さく》也《や》先輩《せんぱい》

中《ちゅう》2。曲《きょく》を作《つく》っていて、アキをスカウトした。晴斗《はると》先輩《せんぱい》の親友《しんゆう》。

高《たか》橋《はし》渉《わたる》

中《ちゅう》1。アキの幼《おさな》なじみで、学年《がくねん》トップの成績《せいせき》。アキに告白《こくはく》したことがある。

「恋《こい》する気持《きも》ちがわからない」アキ。

その気持《きも》ちは変《か》わらないままだけど……?

なつみ　もう一度《いちど》、桐原《きりはら》くんに告白《こくはく》する！

和田《わだ》なつみ

演劇部所属《えんげきぶしょぞく》で脚本担当《きゃくほんたんとう》。
桐原《きりはら》に告白《こくはく》したけど……？

桐原淳平《きりはらじゅんぺい》

中《ちゅう》1。小《しょう》6のときに真帆《まほ》を「うそコク(告白《こくはく》)」で、傷《きず》つけたけれど、その後《ご》、真帆《まほ》に告白《こくはく》。断《ことわ》られている。

ピンチを助《たす》けてくれた桐原《きりはら》くんのことを好《す》きになってしまったなつみ。クリスマスに告白《こくはく》したけれど、「真帆《まほ》のことがふっきれていない」という理由《りゆう》でふられてしまう。

1. ひかる編《へん》　ゆううつなだけの「春《はる》」じゃない。

「じゃーね、バイバイ」

「春休《はるやす》み、絶対遊《ぜったいあそ》ぼうね〜」

帰《かえ》りじたくの教室《きょうしつ》には、そんなことばがとびかっている。

みんな、テンション高《たか》いなあ。

今日《きょう》は、3月《がつ》23日《にち》。

修了式《しゅうりょうしき》も終《お》わり、1年生《ねんせい》、さいごのホームルームも終《お》わった。

もう、このクラスともお別《わか》れ……。

あけはなたれた教室《きょうしつ》の窓《まど》から、やわらかい風《かぜ》がふきこむ。

空《そら》はうす青《あお》くて、日差《ひざ》しもあったかくて、もうすっかり春《はる》。

自分《じぶん》の席《せき》で、ぼんやり、ほおづえをついていたら。

「ひーかるっ」

ぽんっと、背中《せなか》をたたかれた。

ふりかえると、笑顔《えがお》の真帆《まほ》がいた。桃《もも》ちゃん、アキちゃんもいる。

元気《げんき》いっぱいスポーツ万能《ばんのう》、いつだっていっしょうけんめいな、森下真帆《もりしたまほ》。

美少女《びしょうじょ》だけど気《き》が強《つよ》くて、だけどほんとはさびしがりやの、江藤桃花《えとうももか》。

マイペースで、ちょっと天然《てんねん》。実《じつ》は歌《うた》がめちゃくちゃうまい、月岡《つきおか》アキ。

そして、わたし。おとなしくてひっこみじあんな、吉川《よしかわ》ひかる。

わたしたち4人《にん》は、このクラスで出会《であ》って、すぐに意気投合《いきとうごう》して、とある『同盟《どうめい》』を組《く》んだんだ。

それは……。

「ねえねえ、4月《がつ》になって、クラスがバラバラになったら、同盟《どうめい》、どうなっちゃうの？」

アキちゃんがたずねた。

「そりゃ、もちろん継続《けいぞく》でしょ？」

と、桃《もも》ちゃん。

「でもさあ。結局《けっきょく》、あたし以外《いがい》のメンバー全員《ぜんいん》に彼氏《かれし》できちゃったし……」

アキちゃんはまゆをさげた。

「彼氏《かれし》できても、わたしたち同盟《どうめい》メンバーの友情《ゆうじょう》は変《か》わんないよ！」

真帆《まほ》がガッツポーズをつくる。

わたしたちが組《く》んでいるのは、「絶対好《ぜったいす》きにならない同盟《どうめい》」。

わたしたち４人《にん》には、「絶対《ぜったい》、恋《こい》なんてしない」「好《す》きな人《ひと》なんてつくらない」っていう、固《かた》い意志《いし》があったんだ。

みんな、抱《かか》えている事情《じじょう》やいきさつはちがうけど、その気持《きも》ちは同《おな》じだった。

でも、ね。アキちゃんが言《い》うように、真帆《まほ》にも、桃《もも》ちゃんにも、そしてわたしにも、恋《こい》がおとずれてしまった。

アキちゃんが、真帆《まほ》のことをじっとみつめて、

「真帆《まほ》ちゃん、最近《さいきん》きらきらしてる……」

と、つぶやいた。

「そりゃ、幸《しあわ》せいっぱいだからでしょ。蓮見《はすみ》と毎日《まいにち》いちゃいちゃしてるし」

桃《もも》ちゃんがこたえる。

蓮見怜《はすみれい》くんは、真帆《まほ》の彼氏《かれし》。めちゃくちゃかっこいいけど女子《じょし》には塩対応《しおたいおう》で、だけど真帆《まほ》には

Aki
Hikaru
Mayu

やさしくて……。

はたから見《み》ると、おたがい好《す》きあってるのがバレバレだったのに、なかなか想《おも》いが伝《つた》わらなくてじれったかった。でも、ようやく、ふたりはつきあいはじめたんだ。

「いちゃいちゃなんてしてません！」

真帆《まほ》がムキになる。

「まあまあ」

と、アキちゃんがなだめた。

「とにかく。状況《じょうきょう》が変《か》わっても、あたしたちが友《とも》だちなのは変《か》わんないよ」

桃《もも》ちゃんがにっとほほえむ。

「そう、だよね」

わたしもほほえみかえした。

でもね。ちょっとだけ、不安《ふあん》なんだ……。

わたし以外《いがい》のみんなは、明《あか》るくてコミュ力《りょく》もあるし、2年生《ねんせい》になっても、新《あたら》しいクラスで、すぐに友《とも》だちができると思《おも》う。

でも、わたしは……。

「あっ。ひかる、カレシが呼《よ》んでるよ」

真帆《まほ》が言《い》った。

見《み》ると、わたしの彼氏《かれし》――宇佐木侑太《うさぎゆうた》くんが、教室《きょうしつ》のうしろにいて、きらっきらの笑顔《えがお》で、わたしに手《て》まねきしてる。

侑太《ゆうた》くんって、ほんとにきらきらしてる。

うっすら発光《はっこう》してるのかな？　ってぐらいかがやいてて、わたし、遠《とお》くにいても、人《ひと》ごみの中《なか》でも、侑太《ゆうた》くんのこと、きっとすぐに見《み》つけられると思《おも》う。

ゆるいくせっ毛《け》と、人懐《ひとなつ》っこい笑顔《えがお》と性格《せいかく》が、まるで犬《いぬ》みたいで。だれとでもすぐに打《う》ち解《と》けちゃうし、気遣《きづか》いもできるし、ほんとに尊敬《そんけい》しちゃう。

でもね。カワイイ系《けい》かと思《おも》いきや……。ビシッと言《い》うべきときは、ちゃんと決《き》める。

かっこ、いいんだ。

「じゃね、ひかる」

同盟《どうめい》の3人《にん》が、わたしに手《て》を振《ふ》った。

「うん。またね。ばいばい」

荷物《にもつ》を持《も》って立《た》ちあがる。

まっすぐに、侑太《ゆうた》くんのもとへ。

いまから、いっしょに「部室《ぶしつ》」へ行《い》くんだ。

*

社会科準備室《しゃかいかじゅんびしつ》のドアをノックする。ここが、わたしたち演劇部《えんげきぶ》の「部室《ぶしつ》」なんだ。

はーい、と、中《なか》から声《こえ》がかえってきた。

ドアをあけると、同《おな》じ1年生《ねんせい》の、なっちゃん――和田《わだ》なつみちゃんと、細井《ほそい》テツヤくんが、スチール机《づくえ》をかこんで、お弁当《べんとう》を食《た》べていた。

なっちゃんは、ポニーテールがよく似合《にあ》う、明《あか》るいポジティブガール。演劇部《えんげきぶ》では、脚本《きゃくほん》も書《か》いてるんだよ。自称《じしょう》「裏方専門《うらかたせんもん》」の細井《ほそい》くんも、脚本《きゃくほん》を書《か》く。

「ひかるちゃんたち、もうお昼《ひる》、食《た》べた？」

「ううん、いまから」

「先輩《せんぱい》たちは、自分《じぶん》の教室《きょうしつ》で食《た》べてくるって」

「そっか」

わたしはなっちゃんのとなりに、侑太《ゆうた》くんは細井《ほそい》くんのとなりのいすに腰《こし》かけた。

バッグからお弁当《べんとう》を取《と》りだす。今日《きょう》は修了式《しゅうりょうしき》で、午前中《ごぜんちゅう》で解散《かいさん》だから、給食《きゅうしょく》はない。

だから、お弁当《べんとう》を持《も》ってきた。

これからここで、「おつかれ様会《さまかい》」をするんだよ。

ごちそうさまをしたタイミングで、ふたたびドアがあいて、先輩《せんぱい》たちが入《はい》ってきた！

「おーっす」

部長《ぶちょう》の、島崎《しまざき》セイジ先輩《せんぱい》。ガタイが大《おお》きく、熱量《ねつりょう》も大《おお》きい、たよれる先輩《せんぱい》。

そして、河合晴斗《かわいはると》先輩《せんぱい》も。先輩《せんぱい》は、右手《みぎて》をセイジ先輩《せんぱい》の肩《かた》にかけ、

「やっほー、みんな」

左手《ひだりて》をひらっと振《ふ》った。

極上《ごくじょう》キラキラスマイル。甘《あま》い顔立《かおだ》ちと、やさしい態度《たいど》で、女子《じょし》に大人気《だいにんき》の河合先輩《かわいせんぱい》は、なんと、
桃《もも》ちゃんの「彼氏《かれし》」なんだ。演劇部《えんげきぶ》と新聞部《しんぶんぶ》、かけもちで活動《かつどう》してる。

「じゃーん。買《か》いだし行《い》ってきた」

と、先輩《せんぱい》ふたりは、エコバッグから、スナック菓子《がし》やジュース、紙《かみ》コップなどを取《と》りだしてならべた。

学校《がっこう》でお菓子《かし》は禁止《きんし》だけど、今日《きょう》はトクベツ。ちゃんと、顧問《こもん》の先生《せんせい》に許可《きょか》をもらってるよ。

みんなで手分《てわ》けして、お菓子《かし》を紙皿《かみざら》に盛《も》り、ジュースを紙《かみ》コップに注《そそ》ぐ。

全員《ぜんいん》にコップがいきわたったところで、

「1年間《ねんかん》おつかれさま。来年度《らいねんど》もがんばろう！　かんぱーい！」

セイジ先輩《せんぱい》が、コップをたかだかとかかげた。

「かんぱーい！」

みんな、にっこにこの笑顔《えがお》だ。

「この1年《ねん》、いろいろあったなあ……」

セイジ先輩《せんぱい》が、しみじみと言《い》った。

「1年生《ねんせい》4人《にん》、よくがんばったよ」

河合先輩《かわいせんぱい》が、わたし、侑太《ゆうた》くん、細井《ほそい》くん、なっちゃんを、順《じゅん》に見《み》やった。

「細井《ほそい》も、裏方専門《うらかたせんもん》とか言《い》ってたのに、クリスマスには、がんばって主役《しゅやく》を張《は》ったし」

「うん。それに……仲《なか》よくなれてよかった！」

なっちゃんが笑顔《えがお》でつづける。

細井《ほそい》くん、出会《であ》ったときは、女子《じょし》の前《まえ》だときんちょうしてしゃべれなかったんだけど、だんだんうちとけて、いまでは、かけがえのない仲間《なかま》になった。

かくいう、わたしも。

小学生《しょうがくせい》のころから、男子《だんし》がこわくて、あんまりかかわりたくないなあって思《おも》ってて。

それで、真帆《まほ》にさそわれて、「絶対好《ぜったいす》きにならない同盟《どうめい》」に、入《はい》ったんだ。

恋《こい》なんて、絶対無理《ぜったいむり》だもん。

そう、思《おも》ってた。

「ひかるちゃんも、うちに入部《にゅうぶ》してくれて、ほんとによかった。王子様役《おうじさまやく》とか、ハマってたもんな」

河合先輩《かわいせんぱい》がわたしの話題《わだい》をだしたから、はずかしくて、

「いえいえ、そんな……」

と、目《め》をふせてしまった。

わたし、文化祭《ぶんかさい》の劇《げき》で、王子様《おうじさま》の役《やく》をやったんだ。そして、姫役《ひめやく》は、侑太《ゆうた》くん。

思《おも》いだすと、どきどきしてしまう。

「きんちょうしたけど、挑戦《ちょうせん》してよかったです」

口《くち》の中《なか》がかわいて、ジュースをひと口《くち》、飲《の》んだ。

わたしの、「男子恐怖症《だんしきょうふしょう》」をなおすために、侑太《ゆうた》くんが、「おためし彼氏《かれし》」になってくれて。

さらには、この演劇部《えんげきぶ》の見学《けんがく》に連《つ》れてきてくれて。

わたしは演劇部員《えんげきぶいん》になって……。

侑太《ゆうた》くんとは、ほんものの「カレカノ」になった。

そっと、侑太《ゆうた》くんをぬすみ見《み》る。

すると、侑太《ゆうた》くんも、わたしのことを見《み》ていたから。

ぱちっと目《め》が合《あ》って、かあーっと、ほおが熱《あつ》くなった。

「あーっ。ふたり、みつめあってるーっ！」

黄色《きいろ》い声《こえ》をあげたのは、なっちゃん。

「や、や、やめてよなっちゃん！」

はずかしいよ〜！

「そりゃ、つきあってんだから、みつめあうこともあるよ」

侑太《ゆうた》くんは、さらっとこたえた。

「いいねー宇佐木《うさぎ》。おれ、宇佐木《うさぎ》のそういうとこ、めっちゃ好《す》き」

河合先輩《かわいせんぱい》、にっこにこだ。

「どーも、ありがとうございますっ」

侑太《ゆうた》くんも、にっこにこ。

なんだか、今日《きょう》はみんな、ふわふわしてる。やっぱ、明日《あした》から春休《はるやす》みだから、うきうきしてるのかな？

わたしみたいに、新学期《しんがっき》が不安《ふあん》だって感《かん》じてる人《ひと》、いないのかな……。

わたし、毎年《まいとし》、クラス替《が》えがある春《はる》がゆううつだったんだ。人見知《ひとみし》りだし、新《あたら》しい環境《かんきょう》になじむのに、時間《じかん》がかかるの。

もしも、同盟《どうめい》メンバーや侑太《ゆうた》くん、なっちゃんと同《おな》じクラスになれなかったら。わたし、友《とも》だち作《つく》れなくて、ぼっちになっちゃわない？

不安《ふあん》な気持《きも》ちを押《お》しこむように、もそもそと、お菓子《かし》をかじっていると。

「新学期《しんがっき》になったら、新入生《しんにゅうせい》の勧誘《かんゆう》、がんばらないとなあ」

セイジ先輩《せんぱい》が言《い》った。

「いまの人数《にんずう》だと、やっぱ少《すく》ないですよね」

と、細井《ほそい》くん。小《ちい》さくため息《いき》をついたあと、

「っていうか……。僕《ぼく》たち、『先輩《せんぱい》』になるのか……」

なにげなく、つぶやいた。

『先輩《せんぱい》』。わ、わたしたちが、『先輩《せんぱい》』に……!!

1年生《ねんせい》にいろんなことを教《おし》えたり、練習《れんしゅう》でも、リードしていったりしないといけないんだ！

「まだ、気《き》がはやいけどさ。つぎの部長《ぶちょう》、だれがやるのかな」

セイジ先輩《せんぱい》が、そんなことを言《い》いだした。

「まじで気《き》がはやいですって」

なっちゃんがつっこむ。

「先輩《せんぱい》たち、引退《いんたい》しないで、ずっとこの部《ぶ》にいてくださいよ〜」

「いやいや、受験《じゅけん》あるし」

河合先輩《かわいせんぱい》は、苦笑《にがわら》いしている。

うわあ。部長《ぶちょう》、かあ……。1年生《ねんせい》4人《にん》のうち、だれかがやるんだよね。

侑太《ゆうた》くんか、なっちゃんかなあ……。細井《ほそい》くんはイヤだって言《い》いそうだし、わたしは絶対《ぜったい》に無理《むり》だし。

そんなことを考《かんが》えていたら、

「うっ。この袋《ふくろ》、あかない」

細井《ほそい》くんが、スナック菓子《がし》の袋《ふくろ》を両手《りょうて》でひっぱりながら、顔《かお》を真《ま》っ赤《か》にしている。

「あきらめて、はさみ、探《さが》します」

お菓子《かし》を置《お》いて、席《せき》を立《た》った。

ここは、本来《ほんらい》は社会科準備室《しゃかいかじゅんびしつ》だから、資料《しりょう》とか、教材《きょうざい》とかが、棚《たな》にごちゃっと置《お》いてある。

はさみとかの備品《びひん》は、棚《たな》の、引《ひ》きだしの中《なか》にある……、ん、だけど。

「ないなあ、はさみ。しょうがない、これで」

細井《ほそい》くんはカッターを持《も》ってきた。袋《ふくろ》をあけようとして、

「……あっ」

「だ、だいじょうぶっ!?」

細井《ほそい》くん、指《ゆび》を切《き》っちゃった！

みんな、いっせいに立《た》ちあがる。

「だ、だいじょうぶ、です。傷《きず》、そんなに深《ふか》くないから……」

細井《ほそい》くんはそんなふうに言《い》うけど、血《ち》が、ぽたぽた流《なが》れてるよ。

近《ちか》くにいた侑太《ゆうた》くんが、ティッシュで、細井《ほそい》くんの傷《きず》をおさえながら言《い》った。

「だれか、ばんそうこう、持《も》ってない？」

みんな、首《くび》を横《よこ》に振《ふ》った。部室《ぶしつ》にもないはず。

「保健室《ほけんしつ》、行《い》こう。まだ先生《せんせい》いると思《おも》う」

わたしは、細井《ほそい》くんを連《つ》れだした。

*

コンコン、と、保健室《ほけんしつ》の扉《とびら》をノックする。

「はあい」と、やわらかい声《こえ》がかえってきた。

「失礼《しつれい》します……」

中《なか》に入《はい》ると、養護《ようご》の先生《せんせい》が、にこやかな笑顔《えがお》ででむかえてくれた。

「どうしたの？」

「細井《ほそい》くんが、指《ゆび》をカッターで切《き》っちゃったんです」

「まあ。……あら、けっこう血《ち》がでてるわね」

先生《せんせい》は細井《ほそい》くんの指《ゆび》を見《み》て、そのあと、流水《りゅうすい》で洗《あら》い流《なが》し、ばんそうこうを貼《は》ってくれた。

「これでよし」

「ありがとうございます……」

細井《ほそい》くんが、ぺこっと頭《あたま》をさげる。

わたし、あんまり具合《ぐあい》悪《わる》くなることがなくって、保健室《ほけんしつ》にはめったにこないんだけど、やさしい先生《せんせい》だなって思《おも》った。笑顔《えがお》を見《み》ると、なんだかほっとしちゃう。

「あれ？」

ふいに気《き》づいた。だれか……いる？

先生《せんせい》のうしろに、カーテンの仕切《しき》りがある。そこに人《ひと》かげがうつって、ゆれているのが見《み》えたんだ。

「どうしたの？」

「い、いえ。お世話《せわ》になりました！」

保健室《ほけんしつ》をあとにして、廊下《ろうか》を歩《ある》く。

「細井《ほそい》くん。保健室《ほけんしつ》、わたしたちのほかに、だれかいたよね？　具合《ぐあい》悪《わる》くて寝《ね》てた人《ひと》かな？」

もし、わたしの声《こえ》が大《おお》きかったりしたら、めいわくだったたんじゃないかな。

「そうかもしれないし、ちがうのかも。保健室《ほけんしつ》を居場所《いばしょ》にして、先生《せんせい》と話《はな》しにくる人《ひと》もいるから」

「あ。そう、だね」

「実《じつ》は僕《ぼく》も、一時期《いちじき》、教室《きょうしつ》でつらくなったら、保健室《ほけんしつ》にひと息《いき》つきに行《い》ってたんだ。しんどいことがあったら聞《き》いてくれるし、ほっといてほしいときは、そっとしておいてくれる」

「へえ……」

ぜんぜん知《し》らなかった。細井《ほそい》くんとはクラスが別《べつ》だから……。

しんどいことがあったら聞《き》いてくれる、かあ……。

「ところで、吉川《よしかわ》さん。部長《ぶちょう》、やったらどうですか」

「えっ」

いきなり話《はなし》が変《か》わって、びっくりして、へんな声《こえ》がでた。

「な、なんでわたしが……っ。無理《むり》だよ」

クラス替《が》えでぼっちになるかもしれないのに。

「僕《ぼく》はいいと思《おも》うんだけど。吉川《よしかわ》さん、まわりのことよく見《み》えてるし。人《ひと》の気持《きも》ちに敏感《びんかん》だし」

「そうかな？　でも……」

部長《ぶちょう》みたいに、みんなをまとめて引《ひ》っ張《ぱ》る役割《やくわり》は、なんか、「わたしじゃない」って気《き》がする。

それよりも、わたしがやりたいのは……。

なにかが胸《むね》の中《なか》で生《う》まれそうで、でも、それがなんなのか、なかなかつかめなくて。

部室《ぶしつ》にもどってからも、なんだか、ぼーっとしちゃってた。

1時間《じかん》ほど、みんなで盛《も》りあがって。「新年度《しんねんど》もがんばろうね！」ってちかいあって、おつかれ様会《さまかい》はお開《ひら》きになった。

「ひかる」

荷物《にもつ》をまとめていると、侑太《ゆうた》くんが、わたしのとなりにきた。

「まだ時間《じかん》早《はや》いからさ。ちょっと……遠《とお》まわりして帰《かえ》らない？」

「え？」

「プチデートだよ」

にこっと、侑太《ゆうた》くんはほほえんだ。

*

学校《がっこう》の敷地《しきち》をでて歩《ある》き、大通《おおどお》りにでると、ケーキ屋《や》さんの近《ちか》くのバス停《てい》で、侑太《ゆうた》くんは立《た》ち止《ど》まった。

「ラッキー。もうすぐバス、くる」

時刻表《じこくひょう》を見《み》ながらつぶやいている。

「えっ？　バスでどこか行《い》くの？」

「うん。あっ、もうきた」

やってきたバスに、わけもわからず乗《の》りこむ。

「ねえ、どこ行《い》くの？」

「あんまり人《ひと》がいない場《ば》所《しょ》、かな」

侑太《ゆうた》くんは、にーっとほほえむ。

住宅地《じゅうたくち》をぬけ、バスは、坂道《さかみち》をのぼりはじめた。

「つぎの停留所《ていりゅうじょ》でおりるよ」

「う、うん」

バスをおりると、侑太《ゆうた》くんは茂《しげ》る木々《きぎ》にかこまれた、細《ほそ》いわき道《みち》に入《はい》った。そこは急《きゅう》な坂道《さかみち》で、息《いき》を切《き》らしながら登《のぼ》ると。

「えっ……公園《こうえん》？」

視界《しかい》がひらけて、広場《ひろば》があらわれた。あずまややベンチがあって、広場《ひろば》をかこむように、たくさんの桜《さくら》の木《き》が植《う》わっている。

「まだ、桜《さくら》、咲《さ》いてないなあ」

佑太《ゆうた》くんは少《すこ》しまゆをさげた。

「ま、いいか」

小《ちい》さく笑《わら》うと、佑太《ゆうた》くんは、ベンチに腰《こし》かけた。わたしもとなりに座《すわ》る。

ここ、すごく見晴《みは》らしがいい。ジオラマのような街並《まちな》みがみわたせて、見《み》あげれば空《そら》も近《ちか》くて。

春先《はるさき》の、うす青《あお》い空《そら》に、細《ほそ》い、ふんわりした雲《くも》がたなびいている。

「しずか……だね」

吹《ふ》く風《かぜ》はやわらかくてやさしい。ときどき、鳥《とり》のさえずる声《こえ》がする。

「落《お》ち着《つ》く。わたし、こういう場所《ばしょ》、大好《だいす》き」

「だと思《おも》った。ここ、小学生《しょうがくせい》のとき、遠足《えんそく》できたことがあるんだよ。今日《きょう》、ひかる、みょうにぼんやりしてたから、なんかあったのかなーって気《き》になってた。そしたらここのこと思《おも》いだして、そうだ、連《つ》れていこうって」

佑太《ゆうた》くんがわたしの顔《かお》をのぞきこんだ。じっと、わたしの目《め》をみつめる。

どきん、と、胸《むね》が鳴《な》る。

「あ。ありがとっ……」

そんなにきれいな目《め》でみつめられたら、どきどきが止《と》まらないよ。

「気《き》づいてたんだね。わたしのようすがおかしいって。いつも通《どお》り、元気《げんき》にしてたはずなんだけどな」

「おれは、だれよりもひかるのそばにいるし、だれよりもひかるのこと見《み》てるから」

「……っ！」

どきどきが加速《かそく》する！

なんでもないことみたいに、さらっと、侑太《ゆうた》くんは言《い》うけど、それって殺《ころ》し文句《もんく》だから……！

「で。なんで落《お》ち込《こ》んでたの？」

「落《お》ち込《こ》んでるってほどじゃないんだけどね」

やばい、ほおが火照《ほて》って熱《あつ》いよ。

「わたし……。クラス替《が》えが嫌《いや》なんだ」

そうだ。わたしは、いまのままがいい。新《あたら》しいクラスで新《あたら》しい友《とも》だちができるか、不安《ふあん》だし。

でも、それだけじゃなくって、なにより。

「いまのクラス――1年《ねん》2組《くみ》が、大好《だいす》きだから」

そうだ。わたし、みんなとはなれたくないんだ。

同盟《どうめい》の、親友《しんゆう》たちがいる。侑《ゆう》太《た》くんもいる。侑《ゆう》太《た》くんと仲《なか》のいい蓮《はす》見《み》くんや、以前《いぜん》演劇部《えんげきぶ》の助《すけ》っ人《と》にきてくれた桐原《きりはら》（桐原《きりはら》は、実《じつ》は、真《ま》帆《ほ》と、過去《かこ》にいろいろあったんだ）とも、よく話《はな》すようになった。

クラスが別《わか》れても、友《とも》だちでいられることはわかってる。でも、みんないっしょだった、あのクラスでの、あの時間《じかん》は、もうおしまいなんだ……。

なのに。

「みんな、春休《はるやす》みのことでうきうきしてたり、進級《しんきゅう》してからのこと考《かんが》えてたりで。わたしだけが、こんなにさびしくて、不安《ふあん》なのかなあって」

取《と》り残《のこ》されたような気《き》持《も》ちだよ。

ときが経《た》って、季《き》節《せつ》が変《か》わったら、まるでベルトコンベアーに乗《の》せられたみたいに、自動的《じどうてき》に、つぎのステージにむかわなくちゃいけないの？

「わたし……ダメダメだね」

わたしは、ふうっと、長《なが》いため息《いき》をついた。

「演劇部《えんげきぶ》に入《はい》って、少《すこ》しは成長《せいちょう》できたかなって思《おも》ってたのに」

おとなしくてひっこみじあんで、自分《じぶん》の意見《いけん》をはっきり主張《しゅちょう》するのが苦手《にがて》。そんな自分《じぶん》を、ちょっとだけ、変《か》えられたって思《おも》ってた。

「ひかる」

佑太《ゆうた》くんの、やわらかい声《こえ》が、わたしを呼《よ》ぶ。

ベンチに置《お》いたわたしの手《て》を、佑太《ゆうた》くんの手《て》のひらがつつんだ。

「佑太《ゆうた》、く……」

どきどきするよ。

佑太《ゆうた》くんの手《て》があったかくて。

「成長《せいちょう》してるよ、ひかるは。だからだいじょうぶ」

「でも」

「おれも、さびしいよ。いまのクラス、すげー楽《たの》しかったから。それに……。部活《ぶかつ》のほうも。自《じ》分《ぶん》が先輩《せんぱい》になるって思《おも》ったらさ。ちゃんとやれんのかな、って。不安《ふあん》もあるよ」

佑太《ゆうた》くんは、決《き》まり悪《わる》そうにほほえんだ。

「うそ。不安《ふあん》とか……。ぜんぜんそんなふうに見《み》えない」

「浮《う》かれたふりして、考《かんが》えないようにしてるだけだよ」

侑太《ゆうた》くんは、わたしの手《て》をにぎる手《て》に、きゅっ、と力《ちから》をこめた。

「ひかるだけじゃない。たぶん、みんな……。多《おお》かれ少《すく》なかれ、期待《きたい》もあれば、不安《ふあん》もあるんじゃないのかな」

「そう、なのかな」

侑太《ゆうた》くんはうなずいた。

風《かぜ》がふいて、桜《さくら》の木《き》のこずえがゆれた。枝《えだ》には、たくさんのつぼみがついて、ふくらみはじめている。この花《はな》が咲《さ》くのはいつだろう。

もうすぐ……なのかな。

「そういえば、ね」

わたしは口《くち》をひらいた。

「細井《ほそい》くんに、部長《ぶちょう》やったら、って言《い》われちゃった」

「へえーっ」

侑太《ゆうた》くんが、目《め》をまるく見《み》ひらく。

「ひかるが部長《ぶちょう》か。うん、いいんじゃない?」

「えーっ。侑太《ゆうた》くんまで。無理《むり》だよ、わたしなんか」

「ひかる。わたし『なんか』なんて、言《い》っちゃやだめだよ」

「でも。どう考《かんが》えたって、わたしじゃなくない？　なんで細井《ほそい》くん、そんなこと言《い》うんだろ」

「おれは、ちょっとわかるよ」

「え？」

「おれ、さ。ひかるといると、ほっとする」

「えっ」

どきんと心臓《しんぞう》が大《おお》きく音《おと》を立《た》てる。

「あ、あの」

「きっと、それって、おれだけじゃないと思《おも》う。細井《ほそい》だって、なつみだって……。クラスのみんなも、ひかるには、安心《あんしん》して、心《こころ》を見《み》せられる」

あわあわしているわたしをよそに、佑太《ゆうた》くんは話《はな》しつづけた。

「だから、細井《ほそい》は、部長《ぶちょう》やればって、言《い》ってくれたんだよ」

「え……」

「ひかるはだれよりもやさしいし、不安《ふあん》な人《ひと》の気持《きも》ちに、よりそうことができるから」

「それは、佑太《ゆうた》くんのほうだよ。いまだって、わたしのこと心配《しんぱい》して、話《はなし》、聞《き》いてくれてる」

「だからさ。それは、おれがひかるのことが好《す》きだから、ひかるのようすがいつもとちがうのには、すぐ気《き》づくだけだって」

「そ、そんなに好《す》きって言《い》わないで……」

心臓《しんぞう》、もたないよ！

「いや？　だったらあんまり言《い》わないようにするよ」

「えっ。それはそれで……さびしいかも」

「えー？　どっち？　言《い》ってほしいの？　言《い》ってほしくないの？」

「い。言《い》って……ほしいかも」

「わかった。じゃ、どんどん言《い》うね？」

にこっと、侑太《ゆうた》くんはほほえんだ。

なんだか、侑太《ゆうた》くんの手《て》のひらの上《うえ》で、ころころころがされてる気《き》がする……!!

話《はな》しながらも、ずっと、ふたりの手《て》はつながれたまま。

1か月後《げつご》は、半年後《はんとしご》は、1年後《ねんご》は。……10年後《ねんご》は。20年後《ねんご》は。

わたしたち、いったい、どうなってるんだろう。

ずっといっしょにいられたら、いいな。

「ずっといっしょにいたいね」

佑太《ゆうた》くんがつぶやく。わたしも同《おな》じことを思《おも》ってたから、びっくりしちゃった。

「おとなになっても、ずっと、ずっと」

佑太《ゆうた》くんのまなざしが、春《はる》の日差《ひざ》しみたいに、あったかくてやさしい。

「おとなになったら、佑太《ゆうた》くん、どうなってるのかな」

「さあ……。おれは、なんでもいいから、お芝居《しばい》にかかわること、やってたいなあって思《おも》ってるけど」

「へえ……っ」

将来《しょうらい》の夢《ゆめ》、ってことだよね。

ちゃんと考《かんが》えてるんだ……。

「ひかるは？　やりたいこととか、なりたいものとか、ある？」

「考《かんが》えたこともないよ」

いま、この瞬間《しゅんかん》のことでせいいっぱいだもん。

先《さき》のことを考《かんが》えて不安《ふあん》になることはあっても、具体的《ぐたいてき》に、どうなりたいか、とかは……。

「あ。でも」

今日《きょう》行《い》った、保健室《ほけんしつ》のようすが、ぱっと頭《あたま》に浮《う》かんだ。

しんどいとき、話《はなし》を聞《き》いてもらいに行《い》ってた、って、細井《ほそい》くんが言《い》ってた。

わたし、あのとき、自分《じぶん》の中《なか》で、なにかが生《う》まれそうになった。

それがなにか、いま、わかった。

「わたし……。保健室《ほけんしつ》の先生《せんせい》みたいな、悩《なや》んでるだれかのそばによりそうような、そういう仕事《しごと》、してみたい。かも」

部長《ぶちょう》さんみたいな、前《まえ》にでてみんなを積極的《せっきょくてき》にひっぱる仕事《しごと》もすてきだけど。わたしが興味《きょうみ》あるのは、やってみたいのは。

困《こま》ってるだれかを、そっと、支《ささ》えること。

「いいじゃん」

侑太《ゆうた》くんは、にっと、口角《こうかく》をあげた。

「絶対《ぜったい》、ひかるならできる」

「でも、たったいま、思《おも》いついたんだよ」

「じゃ、いまがスタートだ」

侑太《ゆうた》くんの手《て》がはなれる。

そして、ベンチから立《た》ちあがった。

わたしも立《た》ちあがる。すると、また、侑太《ゆうた》くんはわたしの手《て》をとった。

「そろそろ帰《かえ》んなきゃな」

「そう、だね」

バスの時間《じかん》もあるし。

「ここ、桜《さくら》が満開《まんかい》になったら、きれいだろうね」

また、きたいな。

「ふたりで、くる?」

侑太《ゆうた》くんがわたしの顔《かお》をのぞきこむ。

「うん。でも……」

目《め》を閉《と》じると、まぶたのうらに、わたしが大好《だいす》きな人《ひと》たちのすがたが、つぎつぎにあらわれた。

ふたたび、目《め》をあける。

「あのね、侑太《ゆうた》くん」

いいこと、思《おも》いついたよ。

侑太《ゆうた》くんの耳《みみ》に、そっと、口《くち》をよせる。

そっと、耳打《みみう》ちすると。

「それ、すごくいい」

侑太《ゆうた》くんは、ぱっと明《あか》るい笑顔《えがお》になった。

まるで、花《はな》が咲《さ》いたみたい。

「でしょ！」

つられて、わたしも笑顔《えがお》になる。

帰《かえ》ったら、すぐに準備《じゅんび》にとりかかろう。

みんなのスケジュールを確認《かくにん》して、招待状《しょうたいじょう》なんてつくっちゃおうかな。

わくわく、するよ！

2. アキ編《へん》　恋《こい》をしても、しなくても。

「ふえっっっくしょん！」

まわりの空気《くうき》をふるわせるような、特大《とくだい》のくしゃみが飛《と》びだした。

ずずっとはなをすする。

朝《あさ》から、くしゃみと鼻水《はなみず》が止《と》まらないし、目《め》もかゆいし、頭《あたま》もにぶく痛《いた》むし、もうサイアク。

せっかく、今日《きょう》から春休《はるやす》みなのに……。

「うう……つらい」

去年《きょねん》の春《はる》は、こんなことなかったのに！　健康《けんこう》そのものだったのに！

これはもしかして……ぞくに言《い》う、うわさに聞《き》く、

「花粉症《かふんしょう》デビューしちゃったみたいね。耳鼻科《じびか》に行《い》ってきなさい！」

ママに、とんっと背中《せなか》を押《お》された。

うわーん、やっぱり「花粉症《かふんしょう》」だよね！　これって！

月岡《つきおか》アキ13歳《さい》。このたび花粉症《かふんしょう》デビューとあいなりました……。

残念《ざんねん》なお知《し》らせすぎる。

「今日《きょう》は用事《ようじ》があるから、明日以降《あしたいこう》、行《い》く」

もそもそと、言《い》いかえした。病院《びょういん》きらいだもん。できれば行《い》きたくない。

しかも、近所《きんじょ》の耳鼻科《じびか》はいつも患者《かんじゃ》さんでいっぱいで、待《ま》ち時間《じかん》がめちゃくちゃ長《なが》いんだよね。

それに、用事《ようじ》があるっていうのは、本当《ほんとう》だよ。

「行《い》ってきまーす」

ママにごちゃごちゃ言《い》われる前《まえ》に、そそくさと家《いえ》をでた。もちろんマスク装備《そうび》で。

ほんとはゴーグルみたいなので目《め》もガードしたいけど、さすがに人目《ひとめ》をひきすぎるからやめた。

いまから行《い》くのは、２年生《ねんせい》の新川朔也先輩《しんかわさくやせんぱい》のおうち。

新川先輩《しんかわせんぱい》は、ひとことで言《い》うと、音楽《おんがく》の才能《さいのう》がスゴイ人《ひと》。

ピアノめちゃくちゃうまいし、作詞作曲《さくしさっきょく》までできちゃう。

そんな先輩《せんぱい》に、ひょんなことから歌声《うたごえ》を聞《き》かれてしまったあたしは、先輩《せんぱい》のつくった歌《うた》を歌《うた》うことになって……。

ストリートピアノの前《まえ》で歌《うた》ったり、文化祭《ぶんかさい》でライブしたり、動画《どうが》をつくって配信《はいしん》したり。気《き》づいたら、すっかり「同《おな》じユニット」の仲間《なかま》って感《かん》じになってる。

あたしはすごいあがり症《しょう》で、絶対《ぜったい》に人前《ひとまえ》でなんか歌《うた》えないって思《おも》ってたのにな。

「おーい、アキ！」

歩《ある》いていたら、うしろから呼《よ》ばれて、足《あし》を止《と》めた。

「あ。渉《わたる》」

「アキも先輩《せんぱい》のとこ？」

「そうだけど……。あ、渉《わたる》も呼《よ》びだされた？」

「うん。なんか、新曲《しんきょく》の相談《そうだん》があるって」

あ。そうなんだ。先輩《せんぱい》ってば、渉《わたる》にはちゃんと「なんの用《よう》か」説明《せつめい》してくれてるんだな。あたしには、「どうせヒマだろ？　いいからこいよ」しか言《い》わないくせに。

ま、いいけど。どうせヒマだし。

渉《わたる》とならんで歩《ある》く。渉《わたる》——高橋渉《たかはしわたる》は、あたしの、幼《おさな》なじみ。家《いえ》が近《ちか》くで、家族《かぞく》ぐるみで仲《なか》よし。

しっかりもので、成績優秀《せいせきゆうしゅう》。そそっかしくてぬけてるあたしの世話《せわ》をよく焼《や》いてくれるから、桃《もも》ちゃんには、「高橋《たかはし》はアキの保護者《ほごしゃ》」なんて、言《い》われてたっけ。

文化祭《ぶんかさい》のライブをてつだってくれたことがきっかけで、渉《わたる》も、いつの間《ま》にか「ユニット」の一員《いちいん》になった。

「なに？　人《ひと》の顔《かお》、じーっと見《み》て」

渉《わたる》が、まゆをよせた。

「メガネ、あたしもかけようかなあって思《おも》って」

渉《わたる》は黒《くろ》ぶちのメガネをかけている。けっこう似合《にあ》う。

「なんで？　視力下《しりょくさ》がったの？」

「ううん。花粉《かふん》からガードできるかなって」

「メガネじゃガードできないよ……。ってか、アキ、花粉症《かふんしょう》？　みょうに鼻声《はなごえ》だなって思《おも》ってたけど」

「どうも、それっぽいんだよね……。こんなんじゃ、かりに新曲《しんきょく》ができても、歌《うた》えないよ」

歌《うた》どころか、息《いき》するだけで鼻水垂《はなみずた》れてきそうになるんだもん。

そんな話《はなし》をしているうちに、先輩《せんぱい》の家《いえ》に着《つ》いた。

庭《にわ》つきの大《おお》きい家《いえ》で、先輩《せんぱい》のお母《かあ》さんがおうちでピアノの先生《せんせい》をしている関係《かんけい》で、防音《ぼうおん》の練習室《れんしゅうしつ》があるんだよ。

「よっ」

先輩《せんぱい》は、気《き》さくにあたしたちをでむかえた。

デニムと、長袖《ながそで》T《ティー》シャツっていうラフなかっこうなのに、芸能人《げいのうじん》みたいにサマになる。

じっさい、女子《じょし》に大人気《だいにんき》で、桃《もも》ちゃんの彼氏《かれし》の河合先輩《かわいせんぱい》と新川先輩《しんかわせんぱい》（ふたりは親友《しんゆう》なんだよ）のコンビは、アイドルユニットみたいな声援《せいえん》をうけている。

さっそく、防音《ぼうおん》の部屋《へや》へ。大《おお》きなピアノがあって、先輩《せんぱい》は、いつもここで、思《おも》い浮《う》かぶメロディを弾《ひ》きながら、曲《きょく》をつくっているみたい。

「先輩《せんぱい》。新曲《しんきょく》って？」

渉《わたる》が聞《き》いた。

「それなんだけど。実《じつ》はぜんぜん思《おも》い浮《う》かばなくってさ。ふたりから、なにかアイデアないかなって」

あたしは、渉《わたる》と顔《かお》を見合《みあ》わせた。

「アイデア……。曲《きょく》の。渉《わたる》、なんかある？」

「うーん……。あ、でも」

渉《わたる》は、なぜか急《きゅう》にほおを赤《あか》らめて、こほん、とせきばらいしたあと。

「実《じつ》は。おれ、ギ、ギ、ギター……、はじめました」

小《ちい》さく、つげた。

えっ。ギ、ギター!?　って、渉《わたる》が!?

「先輩《せんぱい》がかっこよくピアノ弾《ひ》いて、アキが歌《うた》うのを見《み》て、おれも、なにか楽器《がっき》やりたいなって気《き》持《も》ちに……なって。ってか、まだ下手《へた》なんですけど」

「いつから？　ぜんぜん知《し》らなかった！」

「だってだれにも言《い》ってねーもん」

「なるほど……。いままで、ピアノか、パソコンの打《う》ち込《こ》みで音源《おんげん》つくってたけど。高橋《たかはし》がギター弾《ひ》けるんなら、おれがキーボードやって、バンドのかたちにしてもいいかもな」

と、新川先輩《しんかわせんぱい》。

「バンド!?　じゃあ、あたしがドラムかベースをやるんですか？」

「いや、月岡《つきおか》はボーカルがあるだろ」

「楽器弾《がっきひ》きながら歌《うた》う人《ひと》、いるじゃないですか！」

「じゃ、やってみる？」

まっすぐに聞《き》かれて、

「……すみません無理《むり》です」

しおしおと、うなだれた。

「あたし、不器用《ぶきよう》だし、楽器《がっき》なんて……無理《むり》」

「気《き》にするな。月岡《つきおか》は、その美声《びせい》が立派《りっぱ》な楽器《がっき》じゃないか」

先輩《せんぱい》は笑《わら》ってはげましてくれたけど。

「……でもいまは、声《こえ》がだせません。花粉症《かふんしょう》で、鼻水《はなみず》ずるずるで」

なんか、のどまで痛《いた》いし。

「すぐ病院《びょういん》に行《い》け！」

先輩《せんぱい》ってば、ママと同《おな》じこと言《い》わないでよ〜！

「いやです！　注射《ちゅうしゃ》が大《だい》きらいなんです！」

「花粉症《かふんしょう》の診察《しんさつ》で注射《ちゅうしゃ》はしないだろ。……たぶん。しないよな？　高橋《たかはし》」

「いえ、知《し》らないです……。おれ、花粉症《かふんしょう》じゃないんで」

「おれも、なったことないからわからん」

「うわーん、あたしだけ仲間《なかま》はずれ！」

＊

結局《けっきょく》。

新曲《しんきょく》の話《はなし》は、まったくすすまず。ばたばたさわいでいるうちに夕方《ゆうがた》になってしまった。

「おじゃましました……」

先輩《せんぱい》の家《いえ》をでると、空《そら》は、きれいな桃色《ももいろ》に染《そ》まっていた。なんだか、春《はる》の夕焼《ゆうや》けは、ふんわりやさしい色《いろ》をしている気《き》がする。

渉《わたる》とふたり、家《いえ》までの道《みち》を歩《ある》く。

「カレーのにおい、しない？　めっちゃおなかすいてきた」

渉《わたる》は言《い》うけど、

「あたしいま、嗅覚《きゅうかく》ないから」

ため息《いき》まじりにこたえた。

「っていうか、ほんとにびっくりした。ギターだなんて」

「クリスマスに、中古《ちゅうこ》の、安《やす》いアコースティックギターを買《か》ってもらったんだ。それから、ちまちま練習《れんしゅう》してる」

「クリスマス？　そんな前《まえ》から」

「いっこうに上達《じょうたつ》しないけどな」

だって、渉《わたる》はあたしとちがって、きっちり勉強《べんきょう》もしてるし、塾《じゅく》も行《い》ってるし、部活《ぶかつ》もしてるし（ちなみに美術部《びじゅつぶ》。桃《もも》ちゃんといっしょだよ）。練習《れんしゅう》する時間《じかん》をつくるだけで、えらい。

「……ギターはじめたこと、教《おし》えてくれればよかったのに」

水《みず》くさいよ。幼《おさな》なじみなのにさ。

「なんか、はずかしくてさ。でも、今日《きょう》うちあけられて、すっきりした！」

渉《わたる》は空《そら》を見《み》あげた。うん、なんか、すがすがしい表情《ひょうじょう》してるよ。

「なんでもため込《こ》んでおくのはよくないよ。メンタルに悪《わる》い」

たくさんためてもいいのは、お金《かね》だけ……と、つづけてじょうだんを言《い》おうとしたら。

「うん。そうだよな」

急《きゅう》に、渉《わたる》は、きりっと真顔《まがお》になった。

「渉《わたる》？」

「もういっこ、アキに、うちあけたいことがある。っていうか、あらためてもう一度《いちど》言《い》いたいこと、って言《い》うべきか」

涉《わたる》はきりっとした顔《かお》のまま、あたしの目《め》を、じっとみつめた。

「え？　なに？」

「アキ。……おれ。前《まえ》、アキに告白《こくはく》したけど。いまでもまだ、ずっと、アキのことが好《す》きなんだ」

「え……」

「アキの気持《きも》ちは、どう？　前《まえ》は、恋愛《れんあい》の『好《す》き』がよくわからないって言《い》ってたけど、いまは、その」

涉《わたる》はそこまで言《い》うと、あたしの目《め》から、わずかに目《め》をそらした。

そのほおが、赤《あか》い。

「なんていうか、その……。やっぱり、おれとつきあうとか、考《かんが》え、られない……？」

涉《わたる》の声《こえ》は、さいごには、かすれて消《き》えそうになってしまった。

夕暮《ゆうぐ》れの住宅街《じゅうたくがい》で、ふたり、立《た》ち止《ど》まってうつむく。

あたしは……「恋《こい》」がわからない。

だから、仲間《なかま》がほしくて、「絶対好《ぜったいす》きにならない同盟《どうめい》」に入《はい》った。でも、みんな、恋《こい》をした。

だけどあたしは、ずっとそのまま。変《か》わらないまま。

涉《わたる》に告白《こくはく》されたときは、ショックだった。たくさん考《かんが》えた。

涉《わたる》のことは大好《だいす》き。でも、「好《す》き」の種類《しゅるい》がちがう。

そう伝《つた》えて、ことわったんだ。

そして、涉《わたる》とは、前《まえ》みたいな「幼《おさな》なじみ」にもどった。それどころか、音楽《おんがく》の仲間《なかま》にもなった。

また告白《こくはく》されるなんて、思《おも》ってもみなかった……。

「涉《わたる》。……ごめん」

必死《ひっし》に、声《こえ》をしぼりだす。

変《か》われなくてごめんね。あたし、やっぱり、『特別《とくべつ》な好《す》き』が、わからない。

「……ん。こっちこそ、困《こま》らせてゴメンな」

涉《わたる》は顔《かお》をあげた。

その顔《かお》は、どこか晴《は》れやかで。あたしは、少《すこ》し、首《くび》をかしげた。

「ほんとはわかってたんだ。アキが、おれのこと、好《す》きになることはないんだろうな、って」

「ごめん……」

「そんな苦《くる》しそうな顔《かお》、しないで。おれ、アキには、感謝《かんしゃ》してるんだ」

「え？」

「アキのこと好《す》きになってよかった。ありがとう」

「どう……して？」

つきあえないのに。2度《ど》も、つらい思《おも》いをさせたのに。

「だって、アキのおかげで、おれ、新《あたら》しい世界《せかい》を知《し》ったんだ。まさか自分《じぶん》が、ギターはじめるなんて思《おも》わなかったし。それに」

「それ、に？」

「なんか、さ。おれ、ちょっとだけ、前《まえ》より、やさしくなった気《き》がする」

「渉《わたる》はもともと……やさしいよ？」

「ま、そうだけどさ！」

渉《わたる》の笑顔《えがお》は、からっと、明《あか》るかった。


わかんない。やっぱり、わかんない。

ことわったのに、「ありがとう」ってなに？　意味《いみ》わかんない。やさしくなったって、なに？

じゃあ、だれにも恋《こい》できないあたしは、やさしくなんてなれないってこと……？

眠《ねむ》れなくて、何度《なんど》も寝返《ねがえ》りをうつ。

あれからずーっと、考《かんが》えつづけてる。渉《わたる》が言《い》ったことばの、意味《いみ》。

やっぱり渉《わたる》は、あたしより、ずっとオトナだ。

同盟《どうめい》メンバーだって、そう。みんな、好《す》きな人《ひと》ができて、笑《わら》ったり、泣《な》いたり、精一杯《せいいっぱい》がんばって、勇気《ゆうき》をだして。そして……結《むす》ばれた。

運命《うんめい》の赤《あか》い糸《いと》って、聞《き》いたことがある。

でもね、あたしの糸《いと》は、だれにもつながらない。というか、そもそも、あたしには糸《いと》なんてない。

あたしだけ……、仲間《なかま》はずれ。

そんなことないってわかってるけど。あたしはあたしのままでいいって、わかってるけど。

ときどき、波《なみ》みたいに、さびしさがおそってくるの。あたしはみんなとはちがうのかなって。

なんだか涙《なみだ》がでそうになって、でも、かわりにでたのは鼻水《はなみず》だった。

もうっ！　いやになっちゃうよ。

枕《まくら》もとに置《お》いたティッシュで、思《おも》いっきりはなをかむ。

マイナス思考《しこう》になるのは、体調《たいちょう》が悪《わる》いせいだ。

気晴《きば》らしにカラオケでも行《い》って、思《おも》いっきり歌《うた》って、すっきりしたいけど。

いまの状態《じょうたい》じゃ、歌《うた》えない。

＊

そして、つぎの日《ひ》。あたしは耳鼻科《じびか》の待合室《まちあいしつ》にいた。

仕方《しかた》ない。いやだけど、仕方《しかた》ない……！

予想《よそう》していた通《とお》り、待合室《まちあいしつ》は混《こ》んでいた。診察《しんさつ》まで、かなり時間《じかん》かかりそう。

ソファの背《せ》もたれに体《からだ》をあずけ、スマホゲームをしていると。

「あれ？　月岡《つきおか》？」

声《こえ》がして、スマホから顔《かお》をあげる。

「あ。桐原淳平《きりはらじゅんぺい》だ」

「フルネームで呼《よ》ぶなよ」

あたしに話《はな》しかけてきたのは、クラスメイト（もう修了式終《しゅうりょうしきお》わったから、元《もと》・クラスメイトって言《い》うべき？）の桐原《きりはら》だった。

バスケ部《ぶ》で、熱血《ねっけつ》で、体育会系《たいいくかいけい》で、身長高《しんちょうたか》くて、黒髪短髪《くろかみたんぱつ》できりっとした顔立《かおだ》ち。

同盟《どうめい》メンバーの真帆《まほ》ちゃんと、小学校時代《しょうがっこうじだい》にいろいろあったのは知《し》ってる。話《はなし》を聞《き》いた時《とき》は、桐原《きりはら》ひどいやつって思《おも》ったけど、なんやかんやあって、いまはいい友《とも》だちにもどったみたい。

桐原《きりはら》は、桃《もも》ちゃんや、ひかるちゃんともわりと仲《なか》いいけど、あたしとは、そんなにからむことはなかった。

「となり、いいか？」

「うん。どうぞ」

腰《こし》をずらしてスペースをあける。

桐原《きりはら》は、大《おお》きなマスクをしてるし、目《め》も真《ま》っ赤《か》だ。

「ひょっとして花粉症《かふんしょう》？」

「いや、ちがうっ。ちょっと調子《ちょうし》が悪《わる》いだけだっ」

なぜか桐原《きりはら》はムキになった。

「気持《きも》ちはわかるけど、認《みと》めたほうがラクだよ？　どうせ診察受《しんさつう》けたらお医者《いしゃ》さんからハッキリ言《い》われるんだし」

「症状《しょうじょう》は似《に》てるけど、花粉症《かふんしょう》ではありませんねって言《い》われるかもしんねーだろ」

強《つよ》がってるけど、鼻声《はなごえ》になってるし、息《いき》も苦《くる》しそう。

あたしも人《ひと》のこと言《い》えないけど。

ぼんやりしていたら、

「月岡《つきおか》もしんどそうだな」

と言《い》われた。

「ちょっと、頭《あたま》がぼーっとしてて」

きのう、あんまり眠《ねむ》れなかったしな……。

「ぼーっとしてるのは、いつもなんだけどさ」

自虐《じぎゃく》ギャグを言《い》ってみたけど、キレがない。桐原《きりはら》は、はは、と力《ちから》なく笑《わら》った。

そのまま、なんとなく、だらだらと会話《かいわ》はつづいた。さいしょは、ほんとにどうでもいい話題《わだい》だったんだけど。

「なんか……。あたし、最近《さいきん》、孤独感《こどくかん》がすごくって」

するっと、ぐちをこぼしてしまった。

「なんで?」

「友《とも》だちみんなに、彼氏《かれし》ができたから」

「あー……。月岡《つきおか》もほしいの？　彼氏《かれし》」

「それが、ぜんっぜんほしくないいんだよね」

「じゃあいいじゃん」

「よくないんだよ。好《す》きな人《ひと》すらできないんだもん。みんなの気持《きも》ち、いまいちわかんなくって」

「なるほど。みんなの気持《きも》ちを、わかりたいのか」

「うん。そう」

特《とく》に、……渉《わたる》の気持《きも》ちを。

なぜ、「ありがとう」なんてことばがでてくるの？

そういえば桐原《きりはら》も。真帆《まほ》ちゃんに告白《こくはく》をことわられた……ん、だよね？

「桐原《きりはら》ってさ。真帆《まほ》ちゃんのこと、好《す》きだったんだよね？」

ド直球《ちょっきゅう》に聞《き》いたら、桐原《きりはら》は、よっぽどびっくりしたのか、大《おお》きくのけぞった。

「月岡《つきおか》って、ズバっと言《い》うなあ。オブラートに包《つつ》んだりしないんだな」

「包《つつ》んだほうがよかった……？」

「いや。おれも包《つつ》むのは苦手《にがて》だからだいじょうぶだ」

そっか。だいじょうぶなんだ。

じゃあ……と、あたしは、つづけて質問《しつもん》する。

「桐原《きりはら》は、真帆《まほ》ちゃんのこと、好《す》きになってよかったって思《おも》ってる？」

かなわなかったんだよね？　桐原《きりはら》の恋《こい》は。

「さあ、なあ……。あいつのことはいろいろ傷《きず》つけちまったけど」

桐原《きりはら》の瞳《ひとみ》は、ぼんやりと、宙《ちゅう》をさまよっている。

いろんなこと、思《おも》いだしてるのかな。

あたしが聞《き》いた話《はなし》だと、桐原《きりはら》は、小学生《しょうがくせい》のとき、ほんとは真帆《まほ》ちゃんのことが好《す》きなのに、ひどいことしちゃったらしい。

そのせいで真帆《まほ》ちゃんは『もう絶対《ぜったい》だれも好《す》きにならない』って決意《けつい》を固《かた》めたんだ。

中学《ちゅうがく》に入《はい》ってからも、桐原《きりはら》は、真帆《まほ》ちゃんに、けっこうキツいこと言《い》ってた。

同《おな》じクラスだったから、あたしも耳《みみ》にしてたよ。あたしも、めっちゃむかついてた。

なのに、いきなり真帆《まほ》ちゃんに告白《こくはく》して、ことわられて。

それからいろいろあって、ふたりは仲直《なかなお》り（？）したけど。

真帆《まほ》ちゃんは、蓮見《はすみ》とつきあいはじめてしまった。

「よかった……、と、思《おも》う」

しばらくして、桐原《きりはら》は、ぽつりと、つぶやいた。

「べつの人《ひと》とラブラブなのに？」

「もう、なんとも思《おも》わねーよ。平気《へいき》だ。強《つよ》がりじゃねーからな？」

「強《つよ》がりだなんて思《おも》わないけど……。あ。ひょっとして、なっちゃんがいるから？」

なっちゃんの名前《なまえ》をだした瞬間《しゅんかん》、桐原《きりはら》はフリーズした。

なっちゃん――4組《くみ》の和田《わだ》なつみちゃんだ。

「な、なななななんでそこで、和田《わだ》さんがでてくるんだ？」

「桐原《きりはら》となっちゃんが、つきあってるってうわさがあるから」

ちらっと、耳《みみ》にしたことがあるんだよね。

ほんとかなーって半信半疑《はんしんはんぎ》だったけど。だって、みんな、そういううわさ話《ばなし》、大好《だいす》きじゃん？

「まじか！　ちがうから。ま、まだ、つきあってねーから」

桐原《きりはら》は目《め》を泳《およ》がせた。

「『まだ』つきあってない……？」

「……えっと」

桐原《きりはら》はゆでだこみたいに真《ま》っ赤《か》だ。

「じゃあ、そのうちつきあうの？」

「わ。わかんねーよっ」

「いいね。2回《かい》も恋《こい》ができて」

これはあたしの、心《こころ》からのことばだよ。

だって、あたしは1回《かい》もないのに。

ふいに、沈黙《ちんもく》がおりた。

桐原《きりはら》も、ソファにもたれて、じっと、なにか、考《かんが》え込《こ》んでいる。

「さっきの話《はなし》だけど……」

ふたたび、桐原《きりはら》が口《くち》を開《ひら》く。

「どの話《はなし》？」

「好《す》きになってよかったか、どーかって、話《はなし》」

「うん」

「おれ、どうしようもないバカで。あいつのこと傷《きず》つけたけど、いろいろあって、ちょっとはマシになったからさ。やさしくなれたって……自分《じぶん》では、思《おも》ってる」

やさしくなれた。

桐原《きりはら》も、渉《わたる》と同《おな》じこと言《い》ってる。

「だから、よかった。……と、思《おも》う」

桐原《きりはら》は、かみしめるようにつぶやいた。

「ふうん。そっか」

「え？　月岡《つきおか》、なんでちょっと不機嫌《ふきげん》になってんだよ？」

「あたし、不機嫌《ふきげん》なカオしてる？」

桐原《きりはら》は大《おお》きくうなずく。

「えー……？　べつに機嫌悪《きげんわる》くなんてなってないよ。ただ、より孤独《こどく》が深《ふか》まっただけ」

「なんだよ？　なんで孤独《こどく》なんだよ」

「だって。恋《こい》ができないあたしは、ずーっと、成長《せいちょう》できないって言《い》われてるみたい」

「そ、そんなことは……ねーだろ？」

「そんなことあるよ。桐原《きりはら》も、みんなも、あたしの気持《きも》ちなんてわかんないよ。みんなの気持《きも》ちがわかんない、そんなあたしの気持《きも》ちは、だれにもわかんない」

「月岡《つきおか》……」

桐原《きりはら》、ぽかんとしている。

「いや。でも、さ……。月岡《つきおか》、文化祭《ぶんかさい》で、めっちゃいい曲歌《きょくうた》ってたじゃん？　バラードっつーの？　しっとりした……いい曲《きょく》」

「ああ……。『月《つき》のなみだ』のこと？」

かなわない片思《かたおも》いのせつなさを歌《うた》った、歌《うた》。

あたし、恋《こい》がわからないのに、いきなり片思《かたおも》いの歌《うた》を歌《うた》うことになって、すっごく大変《たいへん》だったんだ。みんなに「恋《こい》ってどんな感《かん》じ？」って、インタビューもした。

「あの歌《うた》、おれ、ぐっときた。歌詞《かし》もよかったしさ。月岡《つきおか》、だれかを好《す》きになったことはなくても、その気持《きも》ちはよくわかってんじゃねーの？」

「桐原《きりはら》。ひょっとして、……あの歌《うた》の歌詞《かし》、あたしが書《か》いたって思《おも》ってる？」

「ちがうのか？」

あたしは、はーっと、大《おお》きなため息《いき》をついた。

「ちがうよ。新川先輩《しんかわせんぱい》が書《か》いた。あの曲《きょく》だけじゃなくて、ぜんぶ、新川先輩《しんかわせんぱい》の作詞作曲《さくしさっきょく》。あたしはただ、歌《うた》うだけだよ」

「そうなのか」

桐原《きりはら》は、目《め》をぱちりとしばたたいた。

「そんなに意外《いがい》？」

「うん。おれはてっきり」

「あたしに歌詞《かし》なんて書《か》けないよ。あたしの想《おも》いを歌詞《かし》にしたって、だれも共感《きょうかん》してくれないもん」

この世《よ》には、ラブソングがあふれてる。

カラオケで歌《うた》うことはあるけど、あたし、実《じつ》は、ラブソングに共感《きょうかん》できない。

そんなあたしって、きっと、「めずらしい奴《やつ》」なんだよね。

めずらしい奴《やつ》が書《か》いた、めずらしい歌詞《かし》って、需要《じゅよう》ある？

「いや。いるかもしれないぞ。共感《きょうかん》する奴《やつ》」

桐原《きりはら》は言《い》った。おおまじめな顔《かお》して。

「いないでしょ」

「わかんねーだろ、そんなの。世《よ》の中《なか》にぶつけてみないことには」

「世《よ》の中《なか》って」

スケール大《おお》きすぎ。

「いや、だって。広《ひろ》い世界《せかい》にはいろんな奴《やつ》がいるんだから、中《なか》には、月岡《つきおか》みたいに、みんなの気《き》持《も》ちがわからない、孤独《こどく》だー！　ってさけびたい奴《やつ》もいるかもしれないじゃんか」

「…………」

「まず、月岡《つきおか》がさけんでみたらどうだ？　曲《きょく》にのせて、さ」

「…………」

ずずっと、はなをすする。

あたしが、さけぶ？　自分《じぶん》の気《き》持《も》ちを？

歌詞《かし》にする、ってこと？

「案外《あんがい》、みんな、思《おも》ってんじゃね？　だれも自分《じぶん》の気《き》持《も》ちなんてわかってくれない、ってさ」

「そう、かな」

「そうだよ。おれも、さ。自分《じぶん》の気《き》持《も》ちなんて、だれにもわかんねーって、ぶちまけちまったことあるんだけど」

そこで桐原《きりはら》は、なぜか、決《き》まり悪《わる》そうに、あたしから目《め》をそらした。

「……わかるよ、って言《い》ってくれた人《ひと》が……いたっつーか」

最後《さいご》のほうは、ごにょごにょと、ことばをにごしている。

「なんで照《て》れてるの？」

それに、めちゃくちゃ顔《かお》が赤《あか》いんだけど、花粉症《かふんしょう》って、熱《ねつ》もでるの？

「て、照《て》れてなんか」

「わかるよって言《い》ってくれたのって、だれ？　なっちゃん？」

「だ、だれでもいいだろべつにっ」

桐原《きりはら》はムキになってあわてている。

なっちゃんだって、さらっと言《い》えばいいのに。ヘンなやつ。

でも……。けっこう、いいこと言《い》うんだな。

さけんでみたらどうだ？　かあ。

歌詞《かし》って、どうやって書《か》くんだろ。やってみようかな……。

「孤独《こどく》だ！」って、ぐちを言《い》うより、いっそその気持《きも》ちを、かたちにするのもアリかも。

そんなことを思《おも》っていたら、名前《なまえ》を呼《よ》ばれた。

あたしは立《た》ちあがった。

「桐原《きりはら》。いろいろありがとう。すっきりした」

頭《あたま》はまだぼんやりしてるけど。

なんだか、ぱあっと、視界《しかい》がひらけたような気《き》がするよ。
「おれはべつに、たいしたことは」
「たいしたこと言《い》ってたよ。ありがと。じゃ、またね」
小《ちい》さく手《て》を振《ふ》って、診察室《しんさつしつ》へむかう。
いやだった病院《びょういん》だけど、きてよかった。
桐原《きりはら》といろんな話《はなし》ができて、よかった。
春《はる》だし。もうすぐ新学期《しんがっき》だし。
新《あたら》しいことをはじめてみるのも、アリだよね？
渉《わたる》だって、ギターはじめたしさ。
うん。やってみよう。書《か》いてみよう。思《おも》いきって。
恋《こい》をしても、しなくても、前《まえ》に進《すす》むことは、きっとできる！

＊

病院《びょういん》で、鼻《はな》からお薬《くすり》を吸入《きゅうにゅう》して、飲《の》み薬《ぐすり》ももらって。ちょっとだけ症状《しょうじょう》がマシになった。

家《いえ》に帰《かえ》って、さっそく、メッセージアプリをひらく。

新川先輩《しんかわせんぱい》と、あたしと、渉《わたる》の、３人《にん》の「音楽《おんがく》ユニット」のグループに、

――新曲《しんきょく》の歌詞《かし》、あたしに書《か》かせてください！

と、送《おく》ってみた！

ど、どきどきする～！

数分《すうふん》待《ま》ったけど、なんの反応《はんのう》もなし。

それどころか、既読《きどく》もつかないから、ふたりとも見《み》てすらいないんだ。

はっ。もしかして未読《みどく》スルー？　なに血迷《ちまよ》ってんだって思《おも》われた⁉

「あ～っ！　言《い》うんじゃなかった～！」

っていうか、順序《じゅんじょ》をまちがったのかも。

まずは歌詞《かし》を書《か》いて、それを、「どうですか」っておだしするほうが、いい、よね？

ダイニングテーブルにつっぷして、足《あし》をばたばたさせる。

と、ドアがあいて、ママが帰《かえ》ってきた。

左手《ひだりて》には、ぱんぱんにふくらんだエコバッグ。買《か》い物《もの》に行《い》ってたんだ。右手《みぎて》にもなにか持《も》ってるけど、なんだろ。

「おかえりママ」

「アキ、病院《びょういん》どうだった？」

「注射《ちゅうしゃ》はされなかったから、よかった」

ママは心底《しんそこ》あきれた目《め》であたしを見《み》ると、

「そうだ。アキに届《とど》いてたよ、これ」

と、右手《みぎて》に持《も》っていた小《ちい》さな「なにか」を、あたしに手《て》わたす。

それは、あわいピンク色《いろ》の、きれいな封筒《ふうとう》だった。

「手紙《てがみ》なんてめずらしいわね〜。もしかしてラブレターだったりして！　きゃーっ！」

うかれたママのことは無視《むし》して、封《ふう》をあける。

中《なか》からあらわれたのは、桜《さくら》の花《はな》びらのかたちをした、きれいなカード！

招待状《しょうたいじょう》。

って、書《か》いてある。

差出人《さしだしにん》は、ひかるちゃんだ！

お花見《はなみ》パーティに招待《しょうたい》いたします。

3月《がつ》30日《にち》、日曜日《にちようび》。13時《じ》から、清見ヶ原公園《きよみがはらこうえん》にて。

参加《さんか》・不参加《ふさんか》を、返信用《へんしんよう》おはがきにて、お知《し》らせください。

お友《とも》だちをさそってきてもOK《オーケー》です！


そういえば。修了式《しゅうりょうしき》の日《ひ》の夜《よる》、ひかるちゃんから、「春休《はるやす》み、用事《ようじ》の入《はい》ってない日《ひ》を教《おし》えて」って、メッセージで聞《き》かれたんだった。

みんなで遊《あそ》びに行《い》くのかなーって思《おも》ってたけど、まさか、お花見《はなみ》パーティだったとは！

もちろん行《い》くに決《き》まってるよ！

さっそくひかるちゃんにメッセージを送《おく》ろうと、スマホを手《て》に取《と》った……けど。

待《ま》てよ、と、あたしは、スマホをパーカーのポケットに仕舞《しま》った。

返信用《へんしんよう》はがきがついてるんだよね？

自分《じぶん》の部屋《へや》で、ペンを手《て》に取《と》り、ていねいに返事《へんじ》を書《か》く。たまにはこういうのも、いいなあ。

すると。

いきなり、ポケットの中《なか》のスマホがぴこんと鳴《な》った。

えっ。だれ？

見《み》ると、渉《わたる》から。つづけて、新川先輩《しんかわせんぱい》からも。

――歌詞《かし》、いいんじゃない？　やってみなよ。

――月岡《つきおか》がどんな詞《し》を書《か》くのか、楽《たの》しみだな。

だって。

わくわくして、ほおがゆるんだ。

満開《まんかい》の桜《さくら》を、みんなで見《み》るころには。

あたしの歌詞《かし》も、お披露目《ひろめ》できるといいなあ。

3. なつみ編《へん》 3度目《どめ》の告白《こくはく》

「なつみはさ、春休《はるやす》み、彼氏《かれし》とデートしたりすんの？」

なにげなく聞《き》かれて、思《おも》わず、飲《の》んでいたカフェラテを吹《ふ》きそうになった。

「ちょ、なつみっ」

千絵《ちえ》があわてている。

訂正《ていせい》。吹《ふ》きそうになった、じゃなくって、ちょっと吹《ふ》いてしまった。

「あたし、そんなに変《へん》なこと言《い》った……？」

「言《い》ったよ」

あたし、和田《わだ》なつみは、友《とも》だちの千絵《ちえ》といっしょに駅前《えきまえ》のショッピングモールに遊《あそ》びにきた。

ぶらぶら洋服《ようふく》や雑貨《ざっか》を見《み》てまわったあと、カフェでお茶《ちゃ》してるとこ。

ダスターでテーブルを拭《ふ》きながら、千絵《ちえ》を軽《かる》くにらむ。

「あたしの彼氏《かれし》ってだれよ？」

「2組《くみ》の桐原《きりはら》」

「つきあってませんから」

「えーっ？　でも、ときどきいっしょに帰《かえ》ってるよね？　あたしはてっきり……」

千絵《ちえ》は残念《ざんねん》そうにまゆをさげた。

「つまんないのー」

「期待《きたい》にそえなくてゴメンねー」

っていうか、あたしがいちばん残念《ざんねん》に思《おも》ってるんだけどね。

ときどきいっしょに帰《かえ》るけど、つきあってるわけじゃない。しかも桐原《きりはら》くんは、あたしの気持《きも》ちを知《し》ってるっていう、この、生殺《なまごろ》しみたいな状況《じょうきょう》のことを。

「っていうか、なつみがバレンタインにチョコあげたのって、桐原《きりはら》なんだよね？　それってコクったってことだよね？　OK《オーケー》もらわなかったの？　あたしはてっきり」

「それがさあ……」

バレンタインの顛末《てんまつ》について、語《かた》りはじめたところで。

「やっほー。遅《おそ》くなってごめんね？」

あすかちゃんがやってきた！

今日《きょう》は、３人《にん》で遊《あそ》ぶ予定《よてい》だったけど、あすかちゃんは用事《ようじ》ができてしまって、あとから合流《ごうりゅう》することになってたんだ。

あすかちゃんは、あたしのとなりに座《すわ》り、店員《てんいん》さんにカフェラテとケーキを注文《ちゅうもん》した。

あすかちゃんの私服《しふく》、はじめて見《み》たけど、かわいい。

春《はる》らしい、ふわっとした薄手《うすで》ニットに短《みじか》いスカート。つややかな長《なが》い黒髪《くろかみ》は、今日《きょう》はトップでおだんごにしている。

あすかちゃんは、３学期《がっき》に転校《てんこう》してきたんだけど、清楚系美少女《せいそけいびしょうじょ》なもんだから、当時《とうじ》、けっこう男子《だんし》がざわついたんだよね。

あすかちゃんがキラキラしてるのに対《たい》して、あたしと千絵《ちえ》は、デニムにオーバーサイズの長袖《ながそで》Ｔ《ティー》シャツっていう、そこまで気合《きあ》いの入《はい》ってないかっこう。

「あたしも、もっとかわいい服《ふく》とか着《き》た方《ほう》がいいのかな……」

ぼそっと、つぶやく。

「いいんじゃない？　桐原《きりはら》もドキッとして、思《おも》わず、告白《こくはく》、ＯＫ《オーケー》しちゃったりして〜」

と、千絵《ちえ》。

「あたしは好《す》きな人《ひと》いないし、これからできる気《き》もしないし、服《ふく》はラクなのがいちばんだけど」

「えー？　おしゃれは好《す》きな人《ひと》のためじゃなくって、自分《じぶん》のためにするものだよ？」

と、あすかちゃんはかわいらしく小首《こくび》をかしげた。

そして、

「まだ桐原《きりはら》くんにOK《オーケー》もらってなかったの？　わたしはてっきり……」

と、千絵《ちえ》とおんなじことを言《い》った。

「OK《オーケー》はもらってません」

あたしは、きりっと背《せ》すじをのばした。

そして、語《かた》りはじめた。

あたしと、桐原《きりはら》くんの、これまでのことを。

そもそもの出会《であ》いは、あたしが財布《さいふ》を落《お》として途方《とほう》にくれているところに、桐原《きりはら》くんが通《とお》りかかってくれたこと。いっしょにさがしてくれたんだ。

その時点《じてん》で、もうすでに好《す》きになりそうだったけど、踏《ふ》みとどまった。

あたしは昔《むかし》からほれっぽくて、でも、好《す》きになった人《ひと》には、彼女《かのじょ》ができたり、すでに好《す》きな人《ひと》がいたりして、振《ふ》られてばかりだったから。

きっと今度《こんど》もうまくいかないから、好《す》きになっちゃだめって自分《じぶん》に言《い》い聞《き》かせてたのに。

ケガした先輩《せんぱい》のかわりに、演劇部《えんげきぶ》に助《すけ》っ人《と》にきてくれたのが、よりにもよって桐原《きりはら》くんで。

いっしょに練習《れんしゅう》したり、本番《ほんばん》の舞台《ぶたい》にあがったりしているうちに、自分《じぶん》の気持《きも》ち、加速《かそく》していった。

でも、あたしって、ほんとに運《うん》がないんだなあ……。

桐原《きりはら》くんにも、好《す》きな人《ひと》がいたの。

2組《くみ》の、森下真帆《もりしたまほ》ちゃん。千絵《ちえ》とはバドミントン部《ぶ》で仲《なか》がよくて、あすかちゃんとも塾《じゅく》が同《おな》じで仲《なか》がいい。

明《あか》るくて、すごくいい子《こ》。あたしも、真帆《まほ》ちゃんと話《はな》すの、楽《たの》しい。

自分《じぶん》の気持《きも》ちを殺《ころ》して、桐原《きりはら》くんと真帆《まほ》ちゃんのことを応援《おうえん》するって決《き》めてたのに、いきおいで、告白《こくはく》してしまった。

そして、振《ふ》られた。

でも、あきらめられないあたしは、今年《ことし》のバレンタインに、本命《ほんめい》チョコをわたしたんだ。

そして、かえってきたこたえは……。

「前向《まえむ》きに、検討《けんとう》します？　なにそれ」

千絵《ちえ》がきょとんと目《め》をまるくした。

「それって、ほぼほぼOK《オーケー》ってことじゃないの？」

「これから考《かんが》えますってこと。つまり、保留《ほりゅう》ってイミだよ」

そう言《い》って、あすかちゃんは、両手《りょうて》でマグを持《も》ち、カフェラテをこくんと飲《の》んだ。

「保留《ほりゅう》」

千絵《ちえ》が繰《く》りかえす。

「つまり、それって」

「……生殺《なまごろ》し……」

つぶやくと、あたしはテーブルにつっぷした。

ひとしきり、足《あし》をじたばたさせてもだえたあと、がばっと顔《かお》をあげる。

「でもね。チョコわたしてから、前《まえ》より仲《なか》よくなった気《き》がするの。だって、1回目《かいめ》の告白《こくはく》の時《とき》は、桐原《きりはら》くんの心《こころ》の中《なか》には、まだ真帆《まほ》ちゃんがいて。あたし、はっきり振《ふ》られたんだ。でも、バレンタインの時《とき》は」

「うまくいきそうな感《かん》じだった？」

あすかちゃんがぐっと身《み》を乗《の》りだす。

「わかんない。でも、時間《じかん》が合《あ》いそうなときは、いっしょに帰《かえ》る？　みたいなこと、言《い》ってくれて。ホワイトデーにも、かわいいキャンディくれたし」

「なるほど……」

あすかちゃんは、人差《ひとさ》し指《ゆび》で、テーブルをとんとん、とたたいた。考《かんが》え事《ごと》するときの、くせなのかな？

あくまで印象《いんしょう》だけど、あすかちゃんって、恋愛《れんあい》に関《かん》して、すごく「百戦錬磨《ひゃくせんれんま》」って感《かん》じがする。

あすかちゃんの「これまで」のこと、くわしく聞《き》いたことないから、実際《じっさい》のところはわかんないんだけどね？

「……ずるいね。桐原《きりはら》くん」

ややあって、あすかちゃんは、ぽつりとつげた。

「ダメならダメ、OK《オーケー》ならOK《オーケー》って、はっきりすればいいのに」

まあ、それはそうなんだけど。1回《かい》ダメって言《い》われたのに、ねばったのはあたしだし……。

「わたしはね」

あすかちゃんは、ふうっと息《いき》をついた。

「きっぱり無理《むり》って言《い》われて、逆《ぎゃく》に、前《まえ》をむけた」

えっ。

あすかちゃん、なにかあったの？

思《おも》わず、千絵《ちえ》と顔《かお》を見合《みあ》わせる。

「ごめん、ふたりには話《はな》してなかったよね。わたし、２組《くみ》の蓮見怜《はすみれい》くんに告白《こくはく》して、振《ふ》られたんだ。……バレンタインに」

「えっ。ええーっ」

あたしと千絵《ちえ》は、ふたりそろって大《おお》きな声《こえ》をあげてしまった。

まわりのお客《きゃく》さんたちの視線《しせん》が、いっせいに集《あつ》まる。

ご、ごめんなさい！

でも、びっくりして。

よりにもよって、蓮見《はすみ》くん……。

蓮見《はすみ》くんは、桐原《きりはら》くんの友《とも》だちで、真帆《まほ》ちゃんの「彼氏《かれし》」なんだ。

「好《す》きだったの？　いつから？」

ひそひそと小声《こごえ》でたずねた。

「昔《むかし》から。同《おな》じ小学校《しょうがっこう》に通《かよ》ってたことがあって」

あすかちゃんは、親《おや》が転勤族《てんきんぞく》で転校《てんこう》が多《おお》かったらしいし、そういえば蓮見《はすみ》くんも5月《がつ》に転校《てんこう》してきた。ふたりとも、この街《まち》で生《う》まれ育《そだ》ったわけじゃない。そっか、接点《せってん》があったんだ。

「振《ふ》られることはわかってたんだけど、どうしても、自分《じぶん》の気持《きも》ちにけじめをつけたかったんだ」

あすかちゃんは、少《すこ》しさびしげに、ほほえんだ。

そうだったんだ……。

それにしても。

あたしは桐原《きりはら》くんが好《す》きで、桐原《きりはら》くんは真帆《まほ》ちゃんが好《す》き。

真帆《まほ》ちゃんは蓮見《はすみ》くんが好《す》きで、あすかちゃんも蓮見《はすみ》くんが好《す》き。

って、気持《きも》ちの矢印《やじるし》が入《い》り乱《みだ》れすぎている……!!

「紙《かみ》に書《か》いて整理《せいり》したい」

千絵《ちえ》はぶつぶつつぶやいている。

「保留《ほりゅう》だとか言《い》わないで、はっきりことわってもらえてよかった。それが怜《れい》くんのやさしさなんだなって、わたし、思《おも》ってる。でも、桐原《きりはら》くんは……」

あすかちゃんはおおげさにため息《いき》をついた。

「正直《しょうじき》、がっかり。もっとすっきりさっぱりした人《ひと》だと思《おも》ってた。前向《まえむ》きに検討《けんとう》とか、なにそれ。ずるいよ」

「そんな……」

そこまで言《い》わなくても。

「やめなよ、なつみちゃん。もっといい人《ひと》、いるよ。桐原《きりはら》くんみたいな、ずるくて煮《に》えきらない人《ひと》には、見切《みき》りをつけたほうがいいよ」

あすかちゃんが、じっとあたしの目《め》を見《み》る。

思《おも》わず、あたしは、目《め》に力《ちから》を込《こ》めた。

力《ちから》を込《こ》めて、見《み》かえした。

「桐原《きりはら》くんのこと、悪《わる》く言《い》わないで」

「悪《わる》くなんて言《い》ってない。事実《じじつ》を言《い》っただけ」

「事実《じじつ》じゃない。桐原《きりはら》くんは、ずるくないもん」

千絵《ちえ》は、あたしとあすかちゃんを交互《こうご》に見《み》て、おろおろしてる。

「ふたりとも、そんなにピリピリしないで。平和《へいわ》にいこう、平和《へいわ》に」

「ごめん千絵《ちえ》。あたし、友《とも》だち相手《あいて》でも、言《い》いたいことはハッキリ言《い》う」

「言《い》いたいことって？」

あすかちゃんが、あたしを挑発《ちょうはつ》するように、意地悪《いじわる》く、くすりと笑《え》む。

かちんときてしまったあたしは、

「桐原《きりはら》くんは、世界一《せかいいち》やさしいし、かっこいいんだから！」

またもや、大声《おおごえ》をだしてしまった！

ふたたび、ほかのお客《きゃく》さんたちが、ばっとこっちを見《み》た。でも、そんなのかまわない。

「そんなに好《す》きなの？」

あすかちゃんに聞《き》かれて、はげしくうなずいた。

「好《す》きだよ。ゆずれない。あたし、もう一度《いちど》、桐原《きりはら》くんに告白《こくはく》する！」

いきおいよく宣言《せんげん》すると、とたんに、あすかちゃんは、ぱあーっと明《あか》るい笑顔《えがお》になった。

さっきまでの、小悪魔《こあくま》みたいなほほえみとは、ぜんぜんちがう。

くもり空《ぞら》に、明《あか》るい光《ひかり》が差《さ》したみたいな笑顔《えがお》……。

「え？　あすかちゃん？」

ギャップにめんくらって、ぱちぱちと何度《なんど》もまばたきをしてしまう。

「聞《き》いたからね？　絶対《ぜったい》、告白《こくはく》するんだよ。３度目《どめ》の正直《しょうじき》だよ」

「あすかちゃん、まさか……」

あたしに告白《こくはく》を決意《けつい》させるために、わざと、桐原《きりはら》くんのことを悪《わる》く言《い》ったの……？

あすかちゃんは、鼻歌《はなうた》を歌《うた》いながら、ケーキを食《た》べている。

千絵《ちえ》は、きょとんとしてる。

「なつみちゃん。『桐原《きりはら》くん……ずるいよ』って、目《め》をうるうるさせて言《い》ってみたらいいよ。『こんなに、好《す》きなのに』って。たぶんうまくいく」

あすかちゃんはぱくぱくケーキを食《た》べながら、アドバイスしてくれた。

「なんか、すごいね。あすかちゃんって」

千絵《ちえ》は感動《かんどう》している。

「すごいね……。演劇部《えんげきぶ》に勧誘《かんゆう》したい」

女優《じょゆう》じゃん。

「なつみちゃん、役《やく》になりきるつもりで、やってみたら？　っていうのは冗談《じょうだん》だけどっ」

あすかちゃんは、えへへ☆　と、いたずらっぽく笑《わら》った。

あすかちゃんのアドバイスというか、演技《えんぎ》プランというか……。できる気《き》はしないけど。

でも、あたし、もう一度《いちど》、告白《こくはく》してみる。

その決意《けつい》は、固《かた》まった。

＊

もう春《はる》だから、なのか、それとも、気持《きも》ちが燃《も》えあがっているのか。

なんだか体《からだ》がぽかぽかあったかくて、帰《かえ》り道《みち》を歩《ある》きながら、あたしは上着《うわぎ》を脱《ぬ》いだ。

どうやって告白《こくはく》しよう？　メッセージだと気持《きも》ち伝《つた》わらない気《き》がするし、文字《もじ》が残《のこ》っちゃうし。

電話《でんわ》かな？　でも、用事《ようじ》もないのにかけるの、勇気《ゆうき》いるなあ……。

家《いえ》に着《つ》くと、郵便受《ゆうびんう》けに、あたし宛《あ》ての手紙《てがみ》が入《はい》っていた。

きれいな、桜色《さくらいろ》の封筒《ふうとう》。なんだろう？

自分《じぶん》の部屋《へや》で、封《ふう》を切《き》ると、中《なか》からあらわれたのは、桜《さくら》の花《はな》びらのかたちをしたカード。

「招待状《しょうたいじょう》。……ひかるちゃんから」

清見ヶ原公園《きよみがはらこうえん》で、お花見《はなみ》パーティ？

ここの公園《こうえん》、小学生《しょうがくせい》の時《とき》、行《い》ったことある。見晴《みは》らしいいし、すごく気持《きも》ちのいい場所《ばしょ》。

「行《い》く行《い》く。絶対行《ぜったいい》く」

思《おも》わず、声《こえ》にだしてつぶやいた……あと。

っていうか、ひかるちゃん、あたしのほかには、だれをさそってるんだろう？

素朴《そぼく》な疑問《ぎもん》が思《おも》い浮《う》かんだ。

『絶対好《ぜったいす》きにならない』同盟《どうめい》の子《こ》たちと、演劇部《えんげきぶ》のメンバー？　とかかな。

桐原《きりはら》くんは……くるのかな。ひかるちゃんと同《おな》じクラスだし、演劇部《えんげきぶ》とつながりもあるし、さそっていてもおかしくない。おかしくはないけど……、どうだろう。

招待状《しょうたいじょう》には、「友《とも》だちをさそってきてもOK《オーケー》です」って書《か》いてある。

さそって、みようか。

心臓《しんぞう》がどきどきと波打《なみう》ちはじめた。

電話《でんわ》して、お花見《はなみ》の話《はなし》をして……。そのあと、話《はなし》の流《なが》れで告白《こくはく》する、とか。もしくはどこかに呼《よ》びだす、とか。

桐原《きりはら》くんに電話《でんわ》する口実《こうじつ》みたいにしちゃって申《もう》し訳《わけ》ないけど、ひかるちゃんから助《たす》け船《ぶね》がでたと思《おも》って、勇気《ゆうき》をだす！

窓《まど》の外《そと》から差《さ》しこむ光《ひかり》は、はちみつ色《いろ》。だいぶ、日《ひ》がかたむいた。

桐原《きりはら》くん、いま、どうしてるだろう。家《いえ》にいるのかな……？

電話《でんわ》、でてくれますように。

コール音《おん》が数回《すうかい》したあと、

「もしもし」

くぐもった声《こえ》が聞《き》こえた。

どきん！　と、心臓《しんぞう》が跳《は》ねあがる。

「あ、あのっ」

やばい。あたしの声《こえ》、裏《うら》がえっちゃってる。

「いま、だいじょうぶ？」

「うん」

あれ？　桐原《きりはら》くん、声《こえ》がいつもとちがうような……。

「風邪《かぜ》ひいたの？」

「……いや。花粉症《かふんしょう》。認《みと》めたくねーけど、今朝《けさ》、病院《びょういん》でハッキリ言《い》われた」

桐原《きりはら》くんはため息《いき》をついた。

「だいじょうぶ？」

「うん。薬《くすり》もらって、だいぶよくなった」

「そっか」

……沈黙《ちんもく》。

な、なにかしゃべって、会話《かいわ》の空白《くうはく》を埋《う》めないと！

「あ、あの、招待状《しょうたいじょう》がっ」

「招待状《しょうたいじょう》？　なんの？」

「お、お花見《はなみ》の……っ」

やばい。あたし、テンパってる。ちゃんと順序《じゅんじょ》だてて話《はな》さないと、なに言《い》ってるかわかんないよね？

「ああ。30日《にち》のだろ？　招待状《しょうたいじょう》、宇佐木《うさぎ》からもらった」

伝《つた》わった。っていうか、招待状《しょうたいじょう》、宇佐木《うさぎ》ルートもあるんだ。

「和田《わだ》さんももらったの？」

「う、うん。桐原《きりはら》くんは、行《い》くの？」

「行《い》くよ」

「あたしも行《い》く」

ふたたび沈黙《ちんもく》。行《い》くか行《い》かないか、確認《かくにん》が終《お》わってしまった。このあと、なに話《はな》そう？　どうやって、告白《こくはく》の流《なが》れに持《も》っていけばいいの？

「あ、あの」

「和田《わだ》さん」

「は、はいっ」

「いまから、会《あ》えない？」

「えっ」

「話《はな》したいことが……あるんだ」

「あ。は、……はい」

まさか桐原《きりはら》くんのほうから、会《あ》おうって言《い》ってくれるなんて。

いつも桐原《きりはら》くんがバスケの自主練《じしゅれん》をしている、運動公園《うんどうこうえん》で会《あ》う約束《やくそく》をして、電話《でんわ》を切《き》った。

話《はなし》ってなんだろう。どきどきしながら、クローゼットをあける。あすかちゃんみたいにかわいいかっこうはできないけど……。

長袖《ながそで》Ｔ《ティー》シャツの上《うえ》に、赤《あか》いカーディガンを羽織《はお》った。前《まえ》、あたしの赤《あか》いマフラーを、桐原《きりはら》くんが「似合《にあ》う」って言《い》ってくれたんだ。

鏡《かがみ》の前《まえ》で、入念《にゅうねん》に前髪《まえがみ》をととのえ、リップを塗《ぬ》る。うん、ばっちり。

さいしょの告白《こくはく》は、クリスマス。つぎの告白《こくはく》は、バレンタイン。3度目《どめ》の今日《きょう》は、なんでもない日《ひ》。もし、今日《きょう》ことわられたら……。

ぶんぶんと、首《くび》を振《ふ》る。ことわられたら、その時考《ときかんが》える！

*

運動公園《うんどうこうえん》に行《い》くと、もう桐原《きりはら》くんはきていた。あたしに気《き》づくと、手《て》を振《ふ》ってくれたけど、なんだか、いつもより顔《かお》がこわばっているような……。

「ごめん、待《ま》った？」

「いや。おれが、早《はや》くきすぎた」

ぱっと、あたしから目《め》をそらす、桐原《きりはら》くん。やっぱり、表情《ひょうじょう》がどこかかたい。

桐原《きりはら》くんがあたしに言《い》いたいことって、もしかして、あんまりよくない話《はなし》、なのかな。

そばのベンチに、ふたりならんで腰《こし》かける。

友《とも》だちになったばっかりのころ、このベンチで、たくさんおしゃべりしたっけ。

空《そら》は、あわいピンク色《いろ》に染《そ》まりはじめている。

日《ひ》が暮《く》れる前《まえ》に、伝《つた》えなきゃ。

そう思《おも》うけど……。

桐原《きりはら》くん、ずっと、こわい顔《かお》してる。あたしのほう、ちっとも見《み》ないし。

もしかして、バレンタインの返事《へんじ》、「前向《まえむ》きに検討《けんとう》する」こと自体《じたい》を、取《と》り消《け》したいとか
……？

真帆《まほ》ちゃんのこと、やっぱりあきらめられない？

「あの」

「ん？」

桐原《きりはら》くんは、目《め》だけ動《うご》かして、ちらっとあたしを見《み》た。そのほおが、うっすら赤《あか》い。

「お花見《はなみ》、だけど。真帆《まほ》ちゃんもくるんだよね？」

「ああ。蓮見《はすみ》もくると思《おも》う」

やっぱり、ふたりいっしょに参加《さんか》するんだ。

「その、平気《へいき》、なの……？」

仲《なか》のいいふたりのすがたを、すぐそばで見《み》せつけられるんだよ？

「平気《へいき》だよ。おれ、あいつらと同《おな》じクラスだったし。慣《な》れてるし。っつーか、真帆《まほ》に、ちゃんと

コクれってけしかけたの、おれだしな」

「桐原《きりはら》くんが？」

また、そんな、自分自身《じぶんじしん》を傷《きず》つけるようなことして！

「あの、さ。和田《わだ》さん」

「な、なに？」

「おれ、傷《きず》ついてないから。もう、ほんとに、平気《へいき》だから。真帆《まほ》のことは」

あ、あたしの心《こころ》の中《なか》のせりふ、だだ漏《も》れだった⁉

「ならいいけど……」

決《き》まり悪《わる》くて、声《こえ》が小《ちい》さくなってしまう。

あたしって、そんなにわかりやすい？　顔《かお》にでやすい？

じゃあ、あたしがいまから「告白《こくはく》」しようとしてることも、伝《つた》わってしまっているんじゃ？

ドッドッドッ、と、鼓動《こどう》がはやい。

軽《かる》く深呼吸《しんこきゅう》して、落《お》ち着《つ》け、落《お》ち着《つ》け、と、自分《じぶん》に言《い》い聞《き》かせる。

そして。

「あの」

「あの」

ふたりの声《こえ》が、重《かさ》なった。

「おれのほうから、言《い》っていいか？」

桐原《きりはら》くんが、あまりにも真剣《しんけん》な顔《かお》をしているから。

さっきまであたしから目《め》をそらしていたのに、急《きゅう》に、まっすぐに目《め》をみつめてきたから。

あたしは、ただ、うなずくだけでせいいっぱい。

「和田《わだ》さん」

桐原《きりはら》くんは、いったん区切《くぎ》ると、すうっと、息《いき》を吸《す》い込《こ》んだ。

「おれと、つきあってくれ」

「えっ……」

びっくりして、息《いき》が止《と》まりそうになった。

「いま、なんて？」

「おれとつきあってくれ……」

桐原《きりはら》くんは、真《ま》っ赤《か》になって下《した》をむいた。

「えっと、その、待《ま》って。つきあうっていうのは、買《か》い物《もの》に行《い》くのにつきあって、とか、そうい

うのじゃなくって、その」

「そういうのじゃなくて、その、こ、交際《こうさい》？　っつーの？」

「交際《こうさい》……。それは、つまり」

「彼女《かのじょ》になってくれってこと！」

桐原《きりはら》くんは、やけくそみたいに大《おお》きな声《こえ》をだした。

公園《こうえん》でサッカーしていた小学生《しょうがくせい》たちが、動《うご》きを止《と》めてこっちを見《み》る。

「あたしが……？　えっ、なんで？」

「なんで、って……。決《き》まってんだろ？」

桐原《きりはら》くんは右《みぎ》の手《て》のひらで顔《かお》をおおった。

「好《す》きだから、だよ……」

「え。でも。う、うそでしょ？」

「うそじゃない」

「だって、今日《きょう》、すごくこわい顔《かお》してたから、もしかしてよくない話《はなし》があるのかな、とか、まさか、なにか怒《おこ》ってるのかな、とか、……いろいろ考《かんが》えちゃってて」

「おれ、こわい顔《かお》してた？」

こくこくっとうなずくと、桐原《きりはら》くんは、

「ごめん」

と、小《ちい》さな声《こえ》でつぶやいた。

「怒《おこ》ってたとか、そんなんじゃない。ただ、めちゃくちゃ緊張《きんちょう》してたんだ」

「どうして」

「和田《わだ》さんにコクろうって思《おも》ってたから」

「あ……」

じゃあ、つきあって、っていうの、ガチなんだ。信《しん》じて、いいんだ。

「待《ま》って。実感《じっかん》わかない……」

まさか桐原《きりはら》くんのほうから言《い》われるなんて思《おも》ってなかった。

両想《りょうおも》いになりたいって思《おも》ってたよ？　思《おも》ってたけど……。

桐原《きりはら》くんの、真帆《まほ》ちゃんへの想《おも》いの強《つよ》さ、知《し》ってたから。

「ねえ、好《す》きって、ほんと？」

「ほんとだって。信《しん》じろよ」

「だって。バレンタインの時《とき》は、はっきりＯＫ《オーケー》くれなかったのに……」

あれから1か月《げつ》ちょっとで、「好《す》き」って気持《きも》ちが育《そだ》ったってこと？

やばい。ちょっとパニック。

手《て》もほおも熱《あつ》いし、頭《あたま》も熱《あつ》いし、なんなら体中熱《からだじゅうあつ》い。

頭《あたま》のてっぺんから湯気《ゆげ》がでててもおかしくないよ、あたし。

「クリスマスに和田《わだ》さんにコクられてから、なんか、気《き》になりはじめて。和田《わだ》さんのこと考《かんが》えてる時間《じかん》、ふえて。でもさ、それって」

桐原《きりはら》くんは、なんだかばつが悪《わる》そうだ。

わさわさと、自分《じぶん》の髪《かみ》を、左手《ひだりて》でかきまぜた。

「好《す》きって言《い》われたから、気《き》になってるだけなのかな、とか。真帆《まほ》のこと好《す》きだったくせに、おれってケイハクなのかな、とか。ぐるぐる考《かんが》えちまってて」

「ケイハク……」

軽《かる》い、薄《うす》い、と書《か》いて、「軽薄《けいはく》」。言《い》い換《か》えると、チャラいってこと。

硬派《こうは》で熱血《ねっけつ》な桐原《きりはら》くんは、そういうの、許《ゆる》せなそう。

「バレンタインにチョコもらって、すっげーうれしかった。うれしかったけど……、ちゃんと、『つきあいたい』って言《い》えなくて。和田《わだ》さんへの気持《きも》ちがなんなのかわかんないままだったから、中途半端《ちゅうとはんぱ》な気《き》がして」

……まじめなんだな。桐原《きりはら》くんって。

でも、さ。

「結果《けっか》、『前向《まえむ》きに検討《けんとう》する』って、いちばん中途半端《ちゅうとはんぱ》じゃない？」

ばっさり、言《い》ってしまった。

桐原《きりはら》くんは、痛《いた》いところをつかれた、といったふうに、「うっ」とことばをつまらせた。

「まじで、そうだよな」

はーっと息《いき》をはき、天《てん》をあおぐ。

「でも。おれ、和田《わだ》さんといっしょにいると楽《たの》しいし、笑《わら》った顔《かお》かわいーな、とか、別《わか》れたくないから遠回《とおまわ》りしたいな、とか、そういうことばっか考《かんが》えてて」

「…………」

か、かわいい!?　いま、さらっと言《い》いましたね？

やばい、頭《あたま》ぐらぐらする。これ以上体温《いじょうたいおん》あがったら、あたし、発火《はっか》しちゃうよ～！

「笑《わら》った顔《かお》だけじゃなくってさ、怒《おこ》った顔《かお》もかわいいし、なんか、歩《ある》いたり走《はし》ったりしてるとこもかわいいし、とにかくぜんぶかわいいなって」

そ、そんなに「かわいい」連発《れんぱつ》されたら、いよいよ火《ひ》を噴《ふ》いてしまいます！

「なんか、自分《じぶん》、おかしいのかな、って思《おも》ってた。和田《わだ》さんだけが、きらきらして見《み》えるんだよ」

「待《ま》って！　いったんストップ！」

生殺《なまごろ》しからのほめ殺《ごろ》しは、心臓《しんぞう》への負担《ふたん》が大《おお》きすぎる！

桐原《きりはら》くんって硬派《こうは》なんだよね？　ちがったの？　実《じつ》は天然《てんねん》なの？

ふーっと息《いき》をはいて、全身《ぜんしん》の熱《ねつ》を冷《さ》ました。

「……だったら、それ、言《い》ってよ。はやく……」

ずーっと、もやもやしてたんだから。

はっきりさせたくて、あたし、もう一度《いちど》、告白《こくはく》するって決心《けっしん》したんだよ？

軽《かる》くにらむと、

「ごめんな」

桐原《きりはら》くんは、素直《すなお》にあやまった。

「おれ、バカみたいなこと気《き》にして、素直《すなお》になれなかった。自分《じぶん》がケイハクかどうかなんて、そんなこと、どうでもよかったのに」

「ん」

「友《とも》だちに言《い》われたんだよ。２回《かい》も恋《こい》ができてすごいね、って。なんか、目《め》からうろこだった。和田《わだ》さんに会《あ》えて、好《す》きになれて、おれは幸《しあわ》せなんだ」

照《て》れくさそうに、桐原《きりはら》くんは笑《わら》う。

その笑顔《えがお》がたまらなくかわいくて、あたしの胸《むね》は、きゅーっと苦《くる》しくなった。

「やっぱ、桐原《きりはら》くんはずるい」

「だよな。ごめん」

「えっと、そうじゃなくって」

ずるいのは、こんなに、かわいい笑顔《えがお》ができるとこ！

あたしは、桐原《きりはら》くんのシャツのそでを、そっとつまんだ。

「大好《だいす》き」

ほかの子《こ》には見《み》せないで。あたしの前《まえ》でだけ、トクベツな笑顔《えがお》を見《み》せて。

あたしって、よくばりだね。

桐原《きりはら》くんのこと、ひとりじめしたい。

あたしのことも、ひとりじめしてほしい。

「あたしも、今日《きょう》、大好《だいす》きって言《い》おうって思《おも》ってたの」

お願《ねが》い。あたしだけを、見《み》ててね。

思《おも》いをこめて、桐原《きりはら》くんの目《め》をみつめる。

どきっとするような「うるうるの瞳《ひとみ》」はできないけど。

不器用《ぶきよう》で、直球《ちょっきゅう》しか投《な》げられないけど。

こんなあたしから、目《め》をそらさないでね。

「好《す》きだ」

桐原《きりはら》くんは、体《からだ》ごとあたしにむいた。

「手《て》、つないでもいいか……？」

「う、うん」

そっと、桐原《きりはら》くんのそでをつまんでいた手《て》をはなすと、桐原《きりはら》くんはすぐにその手《て》をとった。

とたんに、胸《むね》がどきんとはずむ。

「手《て》。ぽかぽかしてる」

「桐原《きりはら》くんも」

……あったかい。

好《す》きな人《ひと》が、自分《じぶん》のことを好《す》きになってくれた。

「こんな奇跡《きせき》、夢《ゆめ》かもしれない……」

シャボン玉《だま》みたいに、ぱちんと消《き》えちゃうかも。

「夢《ゆめ》じゃねーよ」

はっきりと、桐原《きりはら》くんは言《い》いきった。

幸《しあわ》せすぎて泣《な》きそう。

ぱっと手《て》をはなし、桐原《きりはら》くんに背《せ》をむけて、ごしごしと涙《なみだ》をぬぐう。

「どしたの？」

「な、なんでもない」

「だいじょうぶ？　なんか鼻声《はなごえ》？　じゃね？」

「花粉症《かふんしょう》、うつったのかも」

「うつるわけねーだろっ」

そっとむきなおると、桐原《きりはら》くんが、前《まえ》かがみになって、くくっと笑《わら》ってる。

気《き》づけば、やわらかい桃色《ももいろ》の夕焼《ゆうや》けが、訪《おとず》れていた。

片思《かたおも》いが、両想《りょうおも》いになった日《ひ》。

はじめて、あたしの恋《こい》がかなった日《ひ》。

桐原《きりはら》くんと出会《であ》った時《とき》は、冬《ふゆ》で。風《かぜ》が冷《つめ》たくて、この公園《こうえん》の木々《きぎ》は、寒《さむ》そうに、はだかのこずえを揺《ゆ》らしていた。

いま、あたしたちをつつむ空気《くうき》は、ふわりとあったかい。ベンチのそばの木《き》にも、新芽《しんめ》が芽吹《めぶ》いている。

春《はる》が、やってきたんだ。

「お花見《はなみ》、いっしょに……行《い》く?」

たずねると、桐原《きりはら》くんは、「ん」とうなずいた。

「つきあってるってわかったら、みんなに、めちゃくちゃからかわれるかもだよ。いろいろ、根《ね》ほり葉《は》ほり聞《き》かれるかも」

「かもな。……ま、そんときゃ、ぜんぶ、こたえてやるよ」

桐原《きりはら》くんは、にっと、ほほえんだ。

4. 桃花編《ももかへん》 「永遠《えいえん》」なんて、信《しん》じてないのに。

ポストにはがきを入《い》れると、中《なか》から、ことん、と小《ちい》さな音《おと》がした。

あたしがだしたのは、30日《にち》のお花見《はなみ》パーティの招待状《しょうたいじょう》の返事《へんじ》だ。

もちろん、参加《さんか》で！

同盟《どうめい》メンバーのつながりはずっとつづいていくとはいえ、同《おな》じクラスで同《おな》じ時間《じかん》をすごすことは、たぶんもうない。

ちょっとさびしいなーって思《おも》ってたから、ひかるの企画《きかく》には、すっごく感謝《かんしゃ》してる。

同盟《どうめい》メンバーだけじゃない。男子《だんし》たちとか、なつみちゃんも（きっと）きてくれるし、部活《ぶかつ》の友《とも》だちを呼《よ》んでくる人《ひと》もいるかも。

絶対楽《ぜったいたの》しいお花見《はなみ》になる。

ポストにむかって、小《ちい》さくほほえむと、あたし——江藤桃花《えとうももか》は、学校《がっこう》へむかって歩《ある》きだした。

春休《はるやす》みだけど、あたしは美術室《びじゅつしつ》に通《かよ》って、絵《え》を描《か》いている。

あたしの所属《しょぞく》する美術部《びじゅつぶ》の活動《かつどう》は、けっこうゆるい。っていうか、かなり、部員《ぶいん》の自主性《じしゅせい》にまかされてるところがあって。

春休《はるやす》みとか夏休《なつやす》みとかの長期休暇《ちょうききゅうか》の部活《ぶかつ》には、絶対行《ぜったいい》かなきゃいけないわけじゃない。

気分《きぶん》がのらなきゃ、行《い》かなくてもいい。自由《じゆう》。

まあ、ふだんの部活《ぶかつ》もそんな感《かん》じなんだけどね。描《か》くものも自由《じゆう》だし。

春休《はるやす》みの学校《がっこう》は、なんだか独特《どくとく》の空気《くうき》をまとってる。

3年生《ねんせい》は卒業《そつぎょう》して、もういないし。先生《せんせい》たちはきっと、新入生《しんにゅうせい》をむかえる準備《じゅんび》や、新《あたら》しいクラスのことでばたばたしてるはずだし。

ふわふわ宙《ちゅう》に浮《う》いてる感《かん》じ？　っていうのかな。

自分《じぶん》が宙《ちゅう》ぶらりんだから、そう感《かん》じるのかな。

いまは、中学《ちゅうがく》1年生《ねんせい》でも、2年生《ねんせい》でもない、はんぱな時間《じかん》。(調《しら》べたところによると、いちおう、決《き》まりでは、3月《がつ》31日《にち》まであたしは「1年生《ねんせい》」らしいけど、もう修了式《しゅうりょうしき》は終《お》わってるしね)

グラウンドからは、運動部《うんどうぶ》のかけ声《ごえ》が聞《き》こえる。

音楽室《おんがくしつ》からは、吹奏楽部《すいそうがくぶ》のロングトーン。

美術室《びじゅつしつ》の、いちばん窓側《まどがわ》の席《せき》にすわり、あたしは、自分《じぶん》のスケッチブックをひらいた。

まっしろな画用紙《がようし》。

なにを、描《か》こうかな。

窓《まど》の外《そと》をぼんやり眺《なが》めていると、晴斗《はると》の顔《かお》が思《おも》い浮《う》かんだ。

ゆうべも電話《でんわ》をくれた。

っていうか、毎日《まいにち》のように、メッセージをくれる。

でも、……会《あ》えてない。

スケッチブックに、えんぴつで、ぐるぐると線《せん》をえがく。

「べつに、会《あ》えないからって、どうってことないし？」

ぶつぶつ、つぶやく。

「そもそも、会《あ》いたいとか、1ミリも思《おも》ってないから」

晴斗《はると》が忙《いそが》しいことはわかってるし、あたしだって、絵《え》を描《か》いたり、おしゃれしたり、友《とも》だちと遊《あそ》んだり、やることはいっぱいあるわけで。

ぐるぐる、ぐーるぐる。

「それ、あたらしい芸術的《げいじゅつてき》な、なにか？」

ひょこっと、あたしのスケッチブックをのぞきこんだのは、同《おな》じ1年生《ねんせい》の高橋渉《たかはしわたる》。学年《がくねん》トップの秀才《しゅうさい》。で、同盟《どうめい》メンバーのアキの、幼《おさな》なじみ。

はっとわれにかえって、スケッチブックを見《み》ると、画用紙《がようし》のすみからすみまで、「ぐるぐる」で埋《う》め尽《つ》くされていた。

「やば……」

自分《じぶん》がこわい。

「『闇《やみ》』とか『思索《しさく》』とか、それっぽいタイトルつけたら、いい感《かん》じじゃない？」

高橋《たかはし》がほほえむ。

「思索《しさく》はともかく、闇《やみ》って……」

ため息《いき》をつきながら、スケッチブックの、つぎのページをひらいた。

「あのさあ。高橋《たかはし》も塾《じゅく》行《い》ってるじゃん？　いま、春期講習中《しゅんきこうしゅうちゅう》なんじゃないの？」

「そうだけど、おれは、午前中《ごぜんちゅう》だけのコース組《く》んでるから」

なるほど、だから、午後《ごご》からは部活《ぶかつ》にこられるのか。

「それがどうかした？」

「いや、べつに……」

「彼氏《かれし》さんが塾《じゅく》で忙《いそが》しくて会《あ》えないとか？」

いきなり図星《ずぼし》をさされて、うぐ、と、へんな声《こえ》がでそうになる。

「そ、そういうわけじゃ」

「江藤《えとう》さんの彼氏《かれし》さんって、河合先輩《かわいせんぱい》でしょ？　どこの塾《じゅく》かは知《し》らないけど、新《しん》3年生《ねんせい》むけの、受験対策特別《じゅけんたいさくとくべつ》コースとか、そういうのに行《い》ってんの？」

「わかんないけど……たぶん」

かなり偏差値《へんさち》の高《たか》い高校《こうこう》を目指《めざ》してるんだよね、あの人《ひと》。

あたしの成績《せいせき》じゃ、絶対無理《ぜったいむり》なとこ。

晴斗《はると》はもともと成績《せいせき》いいのに、まだ新学期《しんがっき》もはじまってないいまから、すでに準備《じゅんび》をはじめてる。

「あの人《ひと》、いったん目標《もくひょう》を決《き》めたら、ちゃんと計画立《けいかくた》てて、地道《じみち》にこつこつ努力《どりょく》するタイプみたい」

「へえ……。けっこう意外《いがい》」

高橋《たかはし》は、黒《くろ》ぶちメガネの奥《おく》の目《め》を、まるく見《み》ひらいた。

だよね。晴斗《はると》って、見《み》た目《め》はかっこいいし、なんでもスマートにそつなくこなすし、どろくさい「努力《どりょく》」みたいなのには、あんまり縁《えん》のない人《ひと》なんだって思《おも》ってた。

女子《じょし》にたいしても、そう。

みんなににこにこいい顔《かお》して、しょっちゅうコクられて、でも特定《とくてい》の彼女《かのじょ》はつくんない。

そのわりに、「つきあおう」とか、へいきで、そんな冗談《じょうだん》を言《い》ってくる。

さいしょは、なんて「チャラい」人《ひと》なんだろうって思《おも》ってた。

でも、ちがった。

本当《ほんとう》は、めちゃくちゃまじめな人《ひと》だった。

まじめだし、いちずだし……。

だれにでもやさしいけど、あたし以外《いがい》の女《おんな》の子《こ》には、目《め》もくれない。

なにより、あたしの弱《よわ》い部分《ぶぶん》も、泣《な》きたい気持《きも》ちも、ぜんぶわかって、受《う》け止《と》めてくれる人《ひと》。

「おーい江藤《えとう》さん、いつまで自分《じぶん》の世界《せかい》にひたってんの？」

高橋《たかはし》が、あたしの目《め》の前《まえ》で、自分《じぶん》の手《て》のひらをひらひら動《うご》かした。

「べ、べつに自分《じぶん》の世界《せかい》になんて」

ただ、あたしと晴斗《はると》の、「これまで」のことを思《おも》いだしちゃっただけで！

だんじて「ひたって」なんてないんだから！

「でもさ。いくら塾《じゅく》が大変《たいへん》だからって、ちょっとぐらいは会《あ》ってるんでしょ？」

高橋《たかはし》の声《こえ》がやさしい。

なんか、自分《じぶん》が「いたわられている」気《き》がする。あんなこわいぐるぐる描《か》いちゃったかと思《おも》ったら、こんどはきゅうにぼーっとしたりして、かなりメンタル心配《しんぱい》されてるのかも……。

「春休《はるやす》みに入《はい》ってからは会《あ》ってない」

「まだ3日《か》ぐらいじゃん」

「そうだよ？　たった3日《か》。だから平気《へいき》なんだってば」

ただ、これから新学期《しんがっき》まで、ふたりで会《あ》えそうにないってだけで。

お花見《はなみ》も、先輩《せんぱい》、こられるかわかんない。

春期講習《しゅんきこうしゅう》に行《い》ってるってだけじゃなくって。晴斗《はると》は、春休《はるやす》みのあいだは、お父《とう》さんの家《いえ》ですごしてるから。

晴斗《はると》の両親《りょうしん》は離婚《りこん》してて（あたしの親《おや》もだけどね）、晴斗《はると》は、お母《かあ》さんに引《ひ》き取《と》られて、ふたりで暮《く》らしてる。でも、3月《がつ》は、お母《かあ》さんの仕事《しごと》がめちゃくちゃ忙《いそが》しいみたいで。

お父《とう》さんのところにホームステイするんだって、晴斗《はると》、苦笑《くしょう》してた。

お父《とう》さんは街中《まちなか》で喫茶店《きっさてん》をやってるから、きっと晴斗《はると》、てつだったりもしてるんじゃないかな。

そんな状況《じょうきょう》だから、あたしと会《あ》う時間《じかん》なんて、作《つく》れないに決《き》まってるよ。

「ほんとに平気《へいき》なんだからね！」

「そ、そんなにムキにならなくても」

高橋《たかはし》、ちょっと引《ひ》いてる。

こほん、とせきばらいして、気《き》をとりなおす。

ほんとに、さびしいとか、そんなんじゃない。

むしろ、あたし、あせってる。の、かも。

美術室《びじゅつしつ》の、前《まえ》の席《せき》のほうに、2年生《ねんせい》（新《しん》3年生《ねんせい》、って言《い》うべき？）が3人《にん》、身《み》をよせあっておしゃべりしてる。いつもいっしょにイラストを描《か》いてもりあがってる、仲《なか》よし3人組《にんぐみ》だ。

「先輩《せんぱい》たち、進路《しんろ》決《き》めてるのかな」

声《こえ》をひそめると、高橋《たかはし》は首《くび》をひねった。

「さあ。っていうか、この時期《じき》に決《き》めてる人《ひと》のほうが少《すく》ないんじゃない？」

「だよね」

ちょっと安心《あんしん》した。まだ4月《がつ》にもなってないのに、「受験生《じゅけんせい》モード」になんてなれないよね。

「あのさ。高橋《たかはし》は、決《き》めてんの？」

実《じつ》は、前《まえ》からちょっと気《き》になってた。なんせ学年《がくねん》トップだもん。なんらかの目標《もくひょう》を持《も》って、がんばってるのかな？　って。

「決《き》めてない」

「あ、そうなんだ」

めちゃくちゃほっとしてしまった。のは、一瞬《いっしゅん》で。

「でも、ふわっとした、方向性《ほうこうせい》？　みたいなのは、自分《じぶん》の中《なか》にあるよ」

なにっ!?

「方向性《ほうこうせい》？」

「ぜんぜん具体的《ぐたいてき》じゃないんだけどさ。建築関係《けんちくかんけい》に興味《きょうみ》があるから、大学《だいがく》で勉強《べんきょう》してみたいな、って」

「高校《こうこう》すっとばして大学《だいがく》？」

「大学《だいがく》に行《い》きたいか就職《しゅうしょく》したいか、その先《さき》なにをやりたいかで、高校選《こうこうえら》びも変《か》わるでしょ」

「…………」

高橋《たかはし》、めっちゃ堅実《けんじつ》じゃん。堅実《けんじつ》で現実的《げんじつてき》で、つまり……地《ち》に足《あし》がついている。

ちゃんと、している。

昨日《きのう》、お花見《はなみ》の件《けん》で、ひかると電話《でんわ》で話《はな》したんだけど。ひかるも、将来《しょうらい》やってみたいことが見《み》つかったんだ、って言《い》ってた。

実《じつ》は、あたしだけじゃない？　先《さき》のこと、なーんにも考《かんが》えてないのって。

「急《きゅう》にだまりこんで、どうしたのさ？　おれ、なんか、おかしなこと言《い》った？」

「ごめん。高橋《たかはし》はなにも悪《わる》くないんだけど……。あたし、ひとりで考《かんが》えたい」

ふたたび、スケッチブックに、ぐるぐるを描《か》きはじめた。

*

「桃《もも》」

晴斗《はると》が呼《よ》んでいる。

「えっ。っていうか、そのかっこ、どしたの？」

晴斗《はると》は、いかにも上質《じょうしつ》そうな、ぱりっとしたスーツを着《き》ている。

「どうしたの？　って。桃《もも》こそ、どうしたの？　中学《ちゅうがく》の制服《せいふく》なんか着《き》ちゃって」

「え？」

たしかにあたしは制服姿《せいふくすがた》だけど、当《あ》たり前《まえ》じゃない？　あたし、中学生《ちゅうがくせい》だもん。

……あっ。わかった！

「晴斗《はると》、会社員《かいしゃいん》の役《やく》かなにか、するの？」

晴斗《はると》は新聞部《しんぶんぶ》と演劇部《えんげきぶ》をかけもちしている。きっと、つぎの劇《げき》の練習《れんしゅう》だ。

すると晴斗《はると》は、ははっと笑《わら》った。

「なんだよ、会社員《かいしゃいん》の役《やく》って。それにおれは、会社員《かいしゃいん》じゃなくって、社長《しゃちょう》だよ」

「は？」

「起業《きぎょう》したんだ」

キギョウ？

「河合《かわい》さんっ」

晴斗《はると》のそばに、パンツスーツの女《おんな》の人《ひと》がやってきた。なんか、いかにも「ばりばり仕事《しごと》ができる」って雰囲気《ふんいき》の人《ひと》。

仕事《しごと》ができる――「シゴデキ」女性《じょせい》は、晴斗《はると》のうでに、自分《じぶん》のうでをからませた。

「あっ！　な、なにやって」

「桃《もも》。この人《ひと》は、おれのビジネスパートナーだ。そして、プライベートのパートナーでもある」

「……は？」

プライベートのパートナーって、彼女《かのじょ》ってことですか？

「なに言《い》ってんの？　じゃあ、あたしはどうなるの？」

「桃《もも》とはさようならだ」

「えっ。ちょっと、ひどくない？」

「だって……。桃《もも》には、なにもないじゃないか。将来《しょうらい》のビジョンが」

晴斗《はると》はふっ、と、さびしげにほほえむ。

あたしには、なにもない……？

「じゃあね」

晴斗《はると》はあたしに背《せ》をむけた。

「待《ま》って晴斗《はると》」

そんなのってないよ。

だけど晴斗《はると》はもう、ふりかえらない。あたしの名前《なまえ》も呼《よ》ばない。

あたらしい「パートナー」とうでを組《く》んで、楽《たの》しそうに歩《ある》いていく。

「待《ま》って。晴斗《はると》。待《ま》ってーっ」

――そこで、あたしはがばっと身《み》を起《お》こした。

「あ。……夢《ゆめ》？」

口《くち》の中《なか》が、からからだよ。

「いま、何時《なんじ》……？」

朝《あさ》なの？　なんなの？　あたりがうす暗《ぐら》い。少《すく》なくとも、夜《よる》じゃない。

ここは自分《じぶん》のベッドで、あたしはまだ制服《せいふく》を着《き》ている。

のそっと立《た》ちあがり、部屋《へや》をでると、キッチンからいいにおいがただよってきた。

とたんにおなかがすいて、ついでに、頭《あたま》もハッキリしてきた。

思《おも》いだした。あたし、部活《ぶかつ》から帰《かえ》ってきて、そのままベッドで寝《ね》ちゃってたんだ。

「はあ〜〜」

やだな。へんな夢見《ゆめみ》ちゃった。

晴斗《はると》に置《お》いてきぼりにされる夢《ゆめ》……。

リビングに行《い》くと、ママがあたしに「おはよう」とほほえんだ。

「桃花《ももか》がやけにしずかだって思《おも》って部屋《へや》にようすを見《み》に行《い》ったら、爆睡《ばくすい》してるんだもん」

ママが苦笑《くしょう》した。

ママがいつ仕事《しごと》から帰《かえ》ってきて、いつ、あたしの部屋《へや》に入《はい》ってきたのか、ぜんぜん記憶《きおく》がない。

「ごはんできてるから、食《た》べよう」

「うん……」

ダイニングテーブルには、あったかいお味噌汁《みそしる》と、ほかほかごはんと、とんかつと、サラダ。

「いただきます」

お味噌汁《みそしる》をすする。……おいしい。

ママは看護師《かんごし》をしている。今日《きょう》は日勤《にっきん》で、夕方《ゆうがた》に帰《かえ》ってこられたけど、夜勤《やきん》の日《ひ》もある。忙《いそが》しいし、寝《ね》たり起《お》きたりのリズムがまちまちで、大変《たいへん》そう。

あたしはママとふたりぐらし。晴斗《はると》の家《いえ》といっしょ。ちがうのは、あたしは、別《わか》れたパパには会《あ》えないこと。

遠《とお》くに住《す》んでるってのもあるけど、ママとパパの関係《かんけい》が、あんまりよくないみたい（っていうか、別《わか》れてるんだから当然《とうぜん》だよね。別《わか》れてもしょっちゅう行《い》ったりきたりしてる、晴斗《はると》の家《いえ》がレアなのかも）。

「桃花《ももか》。元気《げんき》ないね。まだ眠《ねむ》いの？」

あたしは首《くび》を横《よこ》に振《ふ》った。完全《かんぜん》に目《め》は覚《さ》めている。

ただ……。あんな夢《ゆめ》を見《み》ちゃったから。

あたし、晴斗《はると》に会《あ》えなくてさびしいわけじゃない。

晴斗《はると》には目標《もくひょう》があるのに、あたしにはない。それが、……不安《ふあん》で。

このままじゃ、晴斗《はると》が、あたしの手《て》の届《とど》かないところに行《い》ってしまう気《き》がして。

「ママはどうして看護師《かんごし》になったの？」

聞《き》いてみた。

「やっぱ手《て》に職《しょく》、って思《おも》ってね。世《よ》の中《なか》がどんなに変《か》わっても、絶対《ぜったい》に必要《ひつよう》とされる仕事《しごと》だからね」

お漬《つ》け物《もの》にはしを伸《の》ばしながら、ママがこたえた。

ふうん。めっちゃ地《ち》に足《あし》のついた理由《りゆう》じゃん。

「ちなみにいつ決《き》めたの？」

「中《ちゅう》3ぐらいかな～。それで高校《こうこう》も選《えら》んだから」

「…………」

聞《き》くんじゃなかった。ママも、晴斗《はると》や高橋《たかはし》と同《おな》じで、「しっかり先《さき》を考《かんが》えてる」ほうの中学生《ちゅうがくせい》だったんだ……。もっとふらふらしてくれてたら、安心《あんしん》（？）できたのに。

つけっぱなしのテレビから声《こえ》が聞《き》こえる。ローカルテレビ局《きょく》の情報番組《じょうほうばんぐみ》だ。

なんとなくながめていたら、県内《けんない》の高校生《こうこうせい》が、絵画《かいが》で大《おお》きな賞《しょう》をとったっていうニュースが流《なが》れてきた。

「へえ。すごいね」

ママがつぶやく。

「桃花《ももか》も、この子《こ》が行《い》ってる高校《こうこう》に行《い》けば？」

「えっ？」

ニュースでは、高校名《こうこうめい》も紹介《しょうかい》されている。

「芸術《げいじゅつ》コースがあるのよ。同僚《どうりょう》の娘《むすめ》さんも通《かよ》ってて」

「そうなんだ」

「桃花《ももか》だって芸術《げいじゅつ》コースに行《い》けば、大《おお》きな賞《しょう》、とれるんじゃない？」

「いや、無理《むり》だって」

まあ、たしかに、あたしの絵《え》が県《けん》のコンクールで入選《にゅうせん》したことはあるけど。ニュースの高校生《こうこうせい》がとったのは、全国規模《ぜんこくきぼ》の、有名《ゆうめい》な賞《しょう》だよ？

「絵《え》とか、デザインとか、そういう仕事《しごと》をしたいんだったら、いいと思《おも》うな。芸術《げいじゅつ》コース」

「………えー」

あたし、ひとことでも、「絵《え》やデザインの仕事《しごと》がしたい」って言《い》ったこと、あったっけ？

だいたい、絵《え》とデザインって、ちがくない？

仕事《しごと》、って……。

絵《え》は好《す》きだけど、もやもやする。描《か》くのは好《す》きだし、授業《じゅぎょう》で学《まな》べるのは楽《たの》しそうだなって思《おも》うけど、でも……。

なんで、もやもやするんだろう。

ごはんのあと、部屋《へや》にもどり、スマホをスクロールした。

いままで描《か》いた絵《え》を、写真《しゃしん》にとって保存《ほぞん》してるんだ。

絵《え》が好《す》きで美術部《びじゅつぶ》に入《はい》ったわけじゃなかった。活動《かつどう》ゆるいし、部員同士《ぶいんどうし》のつながりもゆるいし、居心地《いごこち》よさそうだなって思《おも》って決《き》めただけ。

でも、描《か》いてるうちに、どんどん好《す》きになっていった。

入部《にゅうぶ》したころ描《か》いた、へたくそな風景画《ふうけいが》や、デッサン。

描《か》いてて楽《たの》しかった、ポップでカラフルなポスター。コンクールで入選《にゅうせん》した、そして、晴斗《はると》が好《す》きだって言《い》ってくれた、水族館《すいぞくかん》のくらげの絵《え》。

あんまりじょうずじゃないけど、自分《じぶん》の絵《え》のことは好《す》き。

つぎになにを描《か》こうか、考《かん》えるとわくわくする。

でも、「将来《しょうらい》の仕事《しごと》」にしたらって言《い》われると、やっぱりちがう。

純粋《じゅんすい》に「好《す》き」だけだったものに、よけいなモノがまじりこんじゃう気《き》がして。

きらきらしてた宝石《ほうせき》が、くすんでしまったみたいな。色褪《いろあ》せちゃったみたいな。そんな気分《きぶん》。

なんでおとなは、「好《す》きなこと」を、すぐに「将来《しょうらい》」につなげようとするの？

やっぱりみんな、できることなら、好《す》きなことを仕事《しごと》にしたいって思《おも》うから、なのかな。

そう思《おも》わないあたしは、ヘンなのかな……。

＊

翌日《よくじつ》も美術室《びじゅつしつ》に行《い》ったけど、スケッチブックにぐるぐるすら描《か》けなかった。

「スランプ？」

高橋《たかはし》が心配《しんぱい》してくれる。

「よくわかんない」

好《す》きな「絵《え》」を、仕事《しごと》や将来《しょうらい》につなげて考《かんが》えたくない。じゃあ、なにをして食《た》べていくのかって言《い》われると、……なんにもない、んだよね。

「うーっ………」

「だいじょうぶ？」

「……ごめん」

「アキもいま、なやんで、うーっ、って、毎日《まいにち》うなってるみたいだよ」

「アキが？」

高橋《たかはし》はうなずく。

「アキ、作詞《さくし》にチャレンジしてるんだけど、はじめてだし、ことば選《えら》びとかがむずかしいって、うなりまくってる」

「へえ……」

アキ、作詞《さくし》してるんだ。すごい。

「アキも、『好《す》きなこと』を仕事《しごと》にしたいのかな……」

ぼそっとつぶやく。

「音楽《おんがく》の仕事《しごと》、したいかってこと？　さあ、どうなんだろうね。アキはわかんないけど、新川先《しんかわせん》輩《ぱい》は、絶対《ぜったい》、音楽《おんがく》の道《みち》に進《すす》むと思《おも》う」

高橋《たかはし》はこたえた。

「新川先輩《しんかわせんぱい》、すごいもんね」

作詞作曲《さくしさっきょく》、ピアノも堪能《たんのう》。あんな才能《さいのう》あるんだから、生《い》かさなきゃもったいない。

でも、あたしの絵《え》は、そこまでのものじゃないし……。

「江藤《えとう》さん？　なんでそんなに沈《しず》んでるの？」

「……ごめん。あたし、もう帰《かえ》る」

「あ。……うん。あの、さ」

「なに？」

「遠慮《えんりょ》してないで、河合先輩《かわいせんぱい》に、会《あ》いたいって言《い》ってみたらいいんじゃない？」

「べ、べつに会《あ》いたいわけじゃ……」

どきっとした。

一瞬《いっしゅん》、晴斗《はると》に「さようなら」って言《い》われた、夢《ゆめ》の中《なか》のシーンがよみがえったから。

「素直《すなお》になったほうがいいって。せっかく、両想《りょうおも》いなんだからさ」

高橋《たかはし》の笑顔《えがお》は、少《すこ》しさびしげだけど、とってもやさしかった。

家《いえ》に帰《かえ》って、だれもいないリビングで、ごろごろしながら、考《かんが》える。

素直《すなお》になったほうがいい、か……。

素直《すなお》になること。それって実《じつ》は、あたしにとって、「いちばん難《むずか》しいこと」なの。

晴斗《はると》は受験生《じゅけんせい》になって、これからますます忙《いそが》しくなるのに、能天気《のうてんき》で将来《しょうらい》の目標《もくひょう》もなにもない
あたしといっしょにいても、いらいらするだけじゃないのかな、とか。

物足《ものた》りなく感《かん》じるんじゃないかな……とか。

そもそも、話合《はなしあ》わなくなっちゃうんじゃないのかな……とか。

ほんとは不安《ふあん》でいっぱいなのに、認《みと》めたくない。晴斗《はると》にさとられたくない。

強《つよ》がっていたいの。

でも。

スマホのメッセージアプリをひらく。

これまでの、晴斗《はると》とのやりとりを、なんとなく見《み》かえす。

「うわあ……。あの人《ひと》、『好《す》き』って言《い》いすぎ」

つきあいはじめてからは、毎日《まいにち》のように「好《す》きだよ」って送《おく》ってくれてる。背中《せなか》がむずがゆく

なった。

もし、なにかの拍子《ひょうし》に、だれかにスマホのやりとりを見《み》られでもしたら、はずかしくて生《い》きていけないレベル。

ここまで「好《す》き」って言《い》ってくれてるのに、なんであたしは、こんなに不安《ふあん》なんだろう？

ひょっとして、晴斗《はると》のあたしへの気持《きも》ちより、あたしの晴斗《はると》への気持《きも》ちのほうが、おっきくなってる……とか？

え？　あたし、もしかして重《おも》い？

いやだ。認《みと》めたくない。会《あ》いたいとか、話《はな》したいとか、遠《とお》くに行《い》ってほしくない、とか、絶対《ぜったい》に言《い》いたくない。言《い》いたくない、けど……。

せっかく両想《りょうおも》いなんだから、っていう、高橋《たかはし》のことばが、耳《みみ》の奥《おく》によみがえった。

晴斗《はると》とつきあうって決《き》めたとき。

晴斗《はると》は、ふたりがいつまでもいっしょにいられるように、努力《どりょく》するって言《い》ってくれた。

少《すこ》しでも嫌《いや》なところがあったら、言《い》って、って……。

仲《なか》が悪《わる》い両親《りょうしん》を、ずっと見《み》てきたあたし。恋愛《れんあい》が信《しん》じられなかった。いつかは絶対《ぜったい》こわれてしまうものだと思《おも》ってた。

恋《こい》なんかしたって傷《きず》つくだけだし、絶対《ぜったい》だれともつきあわないって、固《かた》く誓《ちか》ってたの。

でもね。晴斗《はると》は、そんなあたしの気持《きも》ちをわかってくれた。

毎日《まいにち》「好《す》き」って送《おく》ってくれるのは、晴斗《はると》の「努力《どりょく》」なのかな。

いつまでもいっしょにいるための。

だったら。

あたしも……。がんばらなきゃいけないね。

晴斗《はると》にだけ「努力《どりょく》」させてちゃダメなんだ。ちょっとでも不安《ふあん》なことがあったら、ちゃんと言《い》わなくちゃ。伝《つた》えなくちゃ。

よし。

あいたままの、晴斗《はると》とのトーク画面《がめん》。思《おも》いきって、「通話《つうわ》」ボタンをタップした。

晴斗《はると》、でてくれるかな。

そもそも、いま、なにしてるんだろう。

窓《まど》の外《そと》の空《そら》は、あわいむらさき色《いろ》。すでに夕暮《ゆうぐ》れをすぎて、短《みじか》いたそがれの時間《じかん》。

もう、塾《じゅく》は終《お》わってるよね。あっ、ごはんかな？

そんなことを考《かんが》えていると、

「もしもし。桃《もも》？」

晴斗《はると》が電話《でんわ》にでた！

どきんと心臓《しんぞう》がはねる。

「も、もしもしっ。い、いま、話《はなし》、だいじょうぶ……？」

「うん」

電話越《でんわご》しに聞《き》こえる晴斗《はると》の声《こえ》は、低《ひく》くくぐもっていて、5割増《わりま》しでおとなっぽく感《かん》じる。

なんだかどきどきしちゃうよ……。

「桃《もも》、なんかあった？」

「えっ。どうして？」

「桃《もも》のほうから電話《でんわ》かけてくるなんて、めずらしいから。いつもおれからだもんな」

「ご、ごめん……」

「あ、いや。べつに責《せ》めてるわけじゃなくって」

晴斗《はると》はあせっている。

「桃《もも》がはずかしがりやさんだってことはわかってるから、いいんだよ」

「はずかしがりやさん、って……」

ぱちっと、晴斗《はると》がウインクした。……ような、気《き》がした。

「あんまり、あたしから電話《でんわ》しないのは、はずかしいんじゃなくって、晴斗《はると》が……忙《いそが》しいんじゃないかなって、思《おも》ってるからで」

もそもそと、言《い》い訳《わけ》する。

「気《き》づかってくれてるの？」

「……ん」

「ありがとう」

晴斗《はると》の声《こえ》が、やわらかくて、耳《みみ》が落《お》ち着《つ》く。やっぱりあたし、声《こえ》が聞《き》けてうれしい。

会《あ》いたい、な。

そう思《おも》った。無性《むしょう》に。いますぐ、会《あ》いたいって。

「桃《もも》？」

だまりこんだあたしに、晴斗《はると》がやさしく呼《よ》びかける。涙《なみだ》がでそうになって、あたしは、

「……会《あ》いたい」

思《おも》わず、つぶやいていた。

「え？」

「あっ。ごめん。いまの、ナシ！　聞《き》かなかったことにして！」

よく考《かん》えたら、もう日《ひ》も暮《く》れてるし。今日《きょう》はママが夜勤《やきん》でいないから、あたしも、ごはんの準《じゅん》備《び》をしなきゃいけない（今夜《こんや》は自分《じぶん》でなにかつくって食《た》べるよーって、あたしから言《い》ったんだ）。

そもそも、べつに、何《なん》か月《げつ》も会《あ》ってなかったわけじゃない。

さいごに会《あ》ってから、1週間《しゅうかん》も経《た》ってない。

なのに、「会《あ》いたい」だなんて、へんだよね？

これぐらいがまんできなくて、この先《さき》、晴斗《はると》が卒業《そつぎょう》して高校生《こうこうせい》になって、いまより忙《いそが》しくなったら、あたし、だいじょうぶなの？

そう思《おも》ったから、「聞《き》かなかったことにして」って言《い》ったのに。

晴斗《はると》は、

「わかった。じゃ、いまから桃《もも》の家《いえ》の近《ちか》くに行《い》く」

すぐさま、そうこたえた。

「え。で、でも。いまからじゃ……」

晴斗《はると》のお父《とう》さんの家《いえ》は、同《おな》じ市内《しない》ではあるけど、けっこう遠《とお》い。ここまでは、バスでこなくちゃいけない。

「時間《じかん》ならだいじょうぶ。おれのほうは、ぜんぜん余裕《よゆう》」

それに、と、晴斗《はると》はつづける。

「おれも、会《あ》いたいから」

＊

通話《つうわ》を終《お》えても、あたしはしばらく、手《て》のひらの中《なか》のスマホをみつめていた。

スマホは熱《ねつ》を持《も》っている。

ため息《いき》をこぼすと、あたしは、落《お》ち着《つ》きなく、部屋《へや》の中《なか》をうろうろした。

あたし、どうしちゃったんだろう。会《あ》いたい、なんて言《い》っちゃうなんて。らしくないよ。

晴斗《はると》といると、あたしが、あたしじゃなくなっていくみたい。

とりあえず、待《ま》っているあいだに、夕《ゆう》ごはんをつくることにした。エプロンをつけ、髪《かみ》をうしろでひとつにくくる。

鮭《さけ》のソテーと、わかめと豆腐《とうふ》のお味噌汁《みそしる》にしよう。なにかやっていると、気《き》がまぎれる。

だし汁《じる》に味噌《みそ》を溶《と》いていると、スマホが鳴《な》った。

——着《つ》いたよ。いま、アパートの前《まえ》。

晴斗《はると》からのメッセージ！

あたしは大急《おおいそ》ぎでコンロの火《ひ》をとめて、部屋《へや》を飛《と》びだしたんだ。

アパートの階段《かいだん》をおりる。さいしょの電話《でんわ》から、1時間経《じかんた》った。

空《そら》にはもう星《ほし》がきらめいている。

アパートの駐車場近《ちゅうしゃじょうちか》くの電信柱《でんしんばしら》のそばに、晴斗《はると》は立《た》っていた。

吸《す》いよせられるように、あたしは駆《か》けた。

「わざわざ、ごめんね」

「謝《あやま》るなよ。言《い》ったろ？　おれも会《あ》いたかったから」

晴斗《はると》はにっこりとほほえんだ。

「そんなにあわてて飛《と》びだしてこなくてもよかったのに」

「えっ」

はっとわれにかえって自分《じぶん》を見《み》ると、エプロンはつけたままだし、ださいつっかけサンダル履《は》いてるし、

「あたし、なんでこんなものを……」

手《て》には、おたまを持《も》っていた。

晴斗《はると》は、こらえきれないって感《かん》じで、くくっと笑《わら》いだしてしまった。

「ちゃんと火《ひ》は止《と》めてきたの？」

こくこくっと、うなずく。

「ひ、火《ひ》のもとだけは、ちゃんとしてきました……」

はずかしすぎて地面《じめん》にめり込《こ》みそう……。

「桃《もも》、かわいいね」

まだ、晴斗《はると》は笑《わら》ってる。

「やめてよっ」

おたまを持《も》ってるのと反対《はんたい》の手《て》をグーにして、晴斗《はると》にパンチ……する、ふりをした。

「桃《もも》のそういう、意外《いがい》とぬけてるとこ、おれだけが知《し》ってんのかな？」

「べつにぬけてないし」

ふいっとそっぽをむいて、

「めったにないし。こんなこと」

院
この先

ぶつぶつと、言《い》い訳《わけ》。

「桃《もも》があんなにせつない声《こえ》で、会《あ》いたいって言《い》ってくるのも、めったにないことだよ」

晴斗《はると》はあたしの顔《かお》をのぞきこんだ。

「なんか、あったんでしょ？」

「ほんとうに……なにも、ないの」

あたしは、うつむいた。

夜《よる》のはじまり。春《はる》の空気《くうき》は、やわらかくまとわりついてくる。

ちゃんと、思《おも》ってることを言《い》わなくちゃ。

ささいなことでも。伝《つた》える努力《どりょく》をしなくちゃ。

迷惑《めいわく》かけるかも、とか考《かんが》えない。こんな悩《なや》み、たいしたことないし、とか考《かんが》えない。

ただ、自分《じぶん》の気持《きも》ちをことばにするだけ。

「あたしね。実《じつ》は……ちょっと、不安《ふあん》で」

エプロンを、きゅっと、にぎりしめた。

「晴斗《はると》も、みんなも、ちゃんと、『先《さき》』のこと、考《かんが》えてるんだもん。だけどあたしは……」

「うん」

そっと、つづきをうながすように、晴斗《はると》がうなずく。

「あたしには、なにもない」

「あるじゃない。好《す》きなこと。得意《とくい》なこと」

ゆっくりと、かぶりを振《ふ》る。

「あたし、将来《しょうらい》、絵《え》の仕事《しごと》がしたいって、ちっとも思《おも》えないんだ。絵《え》は好《す》きだけど、そういうんじゃや、ないの」

「そっか」

「変《へん》……かな。好《す》きだから、仕事《しごと》にしたくない、なんて」

みんな、逆《ぎゃく》なのに。

「変《へん》じゃない」

晴斗《はると》は言《い》いきった。

「父《とう》さんの喫茶店《きっさてん》の常連《じょうれん》さんにさ。そういう人《ひと》、いるよ。写真《しゃしん》が趣味《しゅみ》で、腕前《うでまえ》はピカイチ。アマチュアのコンテストで何回《なんかい》も入選《にゅうせん》してる。今度《こんど》、父《とう》さんの店《みせ》で、小《ちい》さな個展《こてん》をひらくんだ」

「へえ……すごい」

「でも、本業《ほんぎょう》は別《べつ》にある。写真《しゃしん》は好《す》きだけど、仕事《しごと》じゃない。仕事《しごと》にするつもりもないんだって」

「ふう……ん」

「桃《もも》も、そっちタイプなのかもな」

「そっか……」

そういう人《ひと》もいるんだ。

「それに、さ。みんなはどうなのか知《し》らないけど、おれ、桃《もも》が思《おも》ってるほど、『ちゃんと』考《かんが》えてるわけじゃないよ」

「え。でも」

思《おも》わず、顔《かお》をあげた。

「志望校《しぼうこう》を決《き》めた、ってだけで。朔也《さくや》みたいに、なにかの才能《さいのう》があるとかじゃないし」

「志望校《しぼうこう》決《き》めてるだけでもすごいじゃん」

「受験《じゅけん》はまだ先《さき》だし、気《き》が変《か》わるかもしれない」

晴斗《はると》は、ふうっと、ため息《いき》をついた。

「塾行《じゅくい》ったらさ。もう、まわりの奴《やつ》、みーんな頭《あたま》よく見《み》えるんだよ。目《め》つきちがうし。背伸《せの》びしていちばんハードなコースなんか選《えら》ぶんじゃなかった、って、ちょっとへこんでる」

「そうなんだ……」

晴斗《はると》も、まわりの人《ひと》と自分《じぶん》をくらべて、落《お》ち込《こ》んでたんだ。

「ま。でも、人《ひと》とくらべても、キリがないよな。自分《じぶん》は自分《じぶん》」

晴斗《はると》は、まるで自分自身《じぶんじしん》に言《い》い聞《き》かせるように、そうつげた。

「うん」

自分《じぶん》は、自分《じぶん》。そうだよね。

あたし……あせってた。晴斗《はると》に置《お》いていかれたくなくて。

でも、晴斗《はると》だって不安《ふあん》だったんだ。そんなこと、１ミリも想像《そうぞう》してなかったよ。

「やっぱり会《あ》えてよかった」

ぽつりと、つぶやく。

みじかいメッセージのやりとりじゃ、ぜんぶは伝《つた》わらない。電話《でんわ》で話《はな》しても、足《た》りない。

すぐそばで、顔《かお》を見《み》て、息《いき》づかいを感《かん》じたら、心《こころ》が、ふわっとほぐれていく。

ずっと、不安《ふあん》でいっぱいだったのが、うそみたい。

「会《あ》いにきて、よかった」

晴斗《はると》も、言《い》った。あたしの目《め》を見《み》て。

「晴斗《はると》、ごはん食《た》べた？」

「ううん、まだ」

うちにきて、食《た》べていってって言《い》いたいけど、こんな時間《じかん》だし、ママもいないし、それはダメだよね。

ずっといっしょにいたいけど、夜《よる》が深《ふか》くなる前《まえ》に、晴斗《はると》も、ちゃんと自分《じぶん》の家《いえ》に帰《かえ》らなきゃ。

「おれ」

晴斗《はると》が、低《ひく》い声《こえ》で、つぶやくように言《い》った。

「……うん」

「はやく、大人《おとな》になりたい」

あたしの目《め》を、みつめてる。

「……ん？」

どうしたんだろう。晴斗《はると》の瞳《ひとみ》が、すごくせつなげで、胸《むね》が苦《くる》しくなるよ。

「なんか、さ。いま、むしょうに思《おも》った」

晴斗《はると》は小《ちい》さく笑《わら》った。

「……うん」

あたしも。

先《さき》のことなんて、まだなにも見《み》えないし、考《かんが》えられないけど。でも、いつか、ちゃんと、自分《じぶん》の足《あし》で立《た》って、自分《じぶん》の力《ちから》で生《い》きていけるようになりたい。

そうしたら、晴斗《はると》と。

「ずっと、いっしょに」

晴斗《はると》がつげた。

びっくりしてしまった。

あたしが思《おも》ってたのと、まったくおなじことばが、晴斗《はると》の口《くち》からこぼれでたから。

あたしの頭《あたま》の中《なか》、読《よ》んだのかと思《おも》っちゃったぐらい。

「じゃあ……」

あたしは、そっと、自分《じぶん》の小指《こゆび》を差《さ》しだした。

「ん」

晴斗《はると》も、自分《じぶん》の小指《こゆび》を差《さ》しだす。

そっと、小指《こゆび》と小指《こゆび》をからめた。

「約束《やくそく》、な」

「うん」

大人《おとな》になっても。

大人《おとな》になったら。

いっしょに。……いっしょにいる。

ヘンだな、あたし。永遠《えいえん》なんて信《しん》じてないのに。ずっとつづくものがあるなんて、信《しん》じてないのに。こんな約束《やくそく》しちゃうなんて、思《おも》わなかったよ。

晴斗《はると》と出会《であ》ってから、あたし、どんどん変《か》わってく。

自分《じぶん》の知《し》らない自分《じぶん》と、たくさん出会《であ》っちゃってる。

からめた指《ゆび》が、そっと、はなれる。

名残惜《なごりお》しくて、晴斗《はると》の顔《かお》を見《み》あげると、晴斗《はると》は、ふわっと笑《わら》って。

「また明日《あした》」

と、ささやいた。

「え。明日《あした》？」

会《あ》えるの？

「明日《あした》はひさしぶりに学校《がっこう》に行《い》くから。演劇部《えんげきぶ》のミーティングで。桃《もも》も部活《ぶかつ》に行《い》くんだったら、いっしょに帰《かえ》ろう」

「え……」

明日《あした》、学校《がっこう》に行《い》く予定《よてい》だったの？　だったら、わざわざ。

「こんな時間《じかん》に、ここまできてくれなくても、会《あ》えたんじゃん……」

「いいんだよ。関係《かんけい》ない。めちゃくちゃ会《あ》いたいって思《おも》ったんだから、さ」

晴斗《はると》は、大《おお》きな手《て》のひらを、あたしの頭《あたま》の上《うえ》にのっけた。

「桃《もも》。あんまりひとりで強《つよ》がるなよ？」

「強《つよ》がってなんていません」

やばい。自分《じぶん》の顔《かお》が赤《あか》くなってるのが、自分《じぶん》でもわかる。

「桃《もも》に、会《あ》いたいって言《い》われて、うれしかった」

「…………」

どきどき、する。幸《しあわ》せなのに、胸《むね》が苦《くる》しくて、あたし、なにも言《い》えないよ。

「うれしかったから、どんどん言《い》ってくれよ？　この先《さき》、おたがい、いまより忙《いそが》しくなっても、さ」

晴斗《はると》のやわらかい声《こえ》。

顔《かお》をあげて、晴斗《はると》の目《め》をみつめる。

まっすぐにみつめかえしてきた晴斗《はると》の瞳《ひとみ》には、熱《ねつ》がこもっていた。

「じゃな」

「ん」

そっと手《て》を振《ふ》って、ばいばいする。

また、明日《あした》。

明日《あした》の、明日《あした》も。そのつぎの明日《あした》も。

ずっと、ずっと、ずっと。

あたしたちの未来《みらい》は、つづいていく。

5. 真帆編《まほへん》　「大好《だいす》き」が、ふえていく。

「なるほど。じゃ、けっこう大人数《おおにんずう》になりそうだね」

あごに手《て》をやってつぶやくと、

「うん。っていうか、あたしも行《い》っていいの？　って感《かん》じだけどさ」

千絵《ちえ》が苦笑《くしょう》した。

「なんで遠慮《えんりょ》してんの！」

あははと笑《わら》って、千絵《ちえ》の背中《せなか》をバシっとたたく。

「痛《いた》いってば、真帆《まほ》」

千絵《ちえ》が、うらめしげにわたしをにらんだ。

「絶対《ぜったい》背骨《せぼね》折《お》れた」

「なにを、おおげさな」

わたし、そんなに怪力《かいりき》じゃないって。

すると、千絵《ちえ》は、ぷっと吹《ふ》きだした。

クラブハウスの外《そと》の、大《おお》きな楠《くすのき》の木《き》のそば。春《はる》がきてあたらしく芽吹《めぶ》いた葉《は》っぱたちは、やわらかくてみずみずしい。あたたかい光《ひかり》をあびて、きらきら光《ひか》ってる。

わたしと千絵《ちえ》は、バドミントン部《ぶ》に所属《しょぞく》してる。

春休《はるやす》みに入《はい》っても、練習《れんしゅう》は毎日《まいにち》のようにある。

2月《がつ》にケガした右手首《みぎてくび》も、すっかりよくなって、わたしははりきってラケットを振《ふ》っていた。

いま、ちょうどお昼《ひる》の12時《じ》をまわったところ。11時《じ》半《はん》に部活《ぶかつ》が終《お》わって、着替《きが》えをすませて、ふたりでだらだらしゃべってる。

話題《わだい》は、ひかる主催《しゅさい》の「お花見《はなみ》パーティ」のこと!

ひかるが招待状《しょうたいじょう》をだしたのは、同盟《どうめい》メンバーと、なつみちゃん。

宇佐木《うさぎ》は、蓮見《はすみ》くんや桐原《きりはら》といった、元《もと》2組《くみ》の男子《だんし》たちや、演劇部《えんげきぶ》の部員《ぶいん》たちに送《おく》ったみたい。

招待状《しょうたいじょう》をもらった人《ひと》たちが、さらに友《とも》だちを呼《よ》ぶことになって……。

アキつながりの、高橋《たかはし》くんと、新川先輩《しんかわせんぱい》。

なつみちゃんつながり(わたしのつながりでもあるけど)の、千絵《ちえ》とあすかちゃん。

も、加《くわ》わるみたい。

「楽《たの》しみだな～」

うきうきしちゃう。

まじ、ひかるに感謝《かんしゃ》。

「あー、でも、参加《さんか》メンバーのカップル率《りつ》高《たか》いよね」

千絵《ちえ》は苦笑《くしょう》した。

「そうかな」

「そうだよ～。ひかるちゃんと宇佐木《うさぎ》くんでしょ、桃花《ももか》ちゃんと河合先輩《かわいせんぱい》でしょ、それに」

千絵《ちえ》はそこで、にやっと口《くち》もとをゆるませた。

「なつみと、桐原《きりはら》も！」

「えっ！」

なにそれ！　なつみちゃんと、桐原《きりはら》が？　つ、つきあってるってこと!?

「初耳《はつみみ》なんだけど！」

「だってまだ、あたしとあすかちゃんしか知《し》らないもん」

千絵《ちえ》、めっちゃうれしそう。

「ついこのあいだだよ、つきあいはじめたの。あたしとあすかちゃんは、なつみの相談《そうだん》にのってたから、イチはやく報告《ほうこく》してくれたんだ〜」

「ほえ〜。そうなんだ……。っていうか、その話《はなし》、わたしにしてもいいの？」

なつみちゃん、まだふたりにしか教《おし》えてないんでしょ？

「話《はな》していいって言《い》ってたよ。それに、どうせ、ふたりでお花見《はなみ》くるらしいしね。秒《びょう》でみんなにバレるじゃん。っていうかむしろ、お披露目《ひろめ》する気《き》まんまんじゃん？」

「へえ〜」

桐原《きりはら》と、なつみちゃんかあ。

うっすら、つきあってるっぽいってうわさはあったけど。蓮見《はすみ》くんが桐原《きりはら》に聞《き》いたら、ちがうってこたえたらしいんだよね。

だから、びっくりしちゃった。

「片思《かたおも》いだの両想《りょうおも》いだの、あんた中心《ちゅうしん》に、いろいろこんがらがってたみたいだけど、やっと、それぞれ、おさまるところにおさまったって感《かん》じだね」

千絵《ちえ》はうんうんとうなずいている。

「たしかにこんがらがってたけど……、わたし中心《ちゅうしん》なの？」

たずねると、千絵《ちえ》は、さらにはげしく首《くび》をたてに振《ふ》った。

いままでのことを思《おも》いだしてみる。

そもそもわたしは、小学生《しょうがくせい》のころ、桐原《きりはら》のことが好《す》きだった。仲《なか》もよかった。いい感《かん》じだった。

でも、桐原《きりはら》がまわりの男子《だんし》にそそのかされて、わたしに「うそコク」させられてから、歯車《はぐるま》がくるった。

のちに、やむにやまれぬ事情《じじょう》があったってことがわかったけど、そのときは、すごくショックで。

桐原《きりはら》とは犬猿《けんえん》の仲《なか》になったし、絶対《ぜったい》に二度《にど》と恋《こい》なんかしないって、かたく心《こころ》に決《き》めたんだ。

そんなわたしを変《か》えたのは、近所《きんじょ》に引《ひ》っ越《こ》してきた、蓮見《はすみ》くん。

蓮見《はすみ》くんも、小学生《しょうがくせい》のころ、初恋《はつこい》のあすかちゃんといろいろあって、好《す》きな人《ひと》なんか作《つく》らないって決《き》めてた。似《に》た者同士《ものどうし》、だったんだ。

わたしは蓮見《はすみ》くんを好《す》きになった。

でも、いがみあっていたはずの桐原《きりはら》が、突然《とつぜん》、わたしを好《す》きだってうちあけた。

混乱《こんらん》したけど、桐原《きりはら》とも、やっと、昔《むかし》の「いい友《とも》だち」だったころにもどれた。

だけど、さらに、蓮見《はすみ》くんの初恋《はつこい》の女《おんな》の子《こ》・あすかちゃんもあらわれて……。

いま知《し》ったけど、そのころ、なつみちゃんも、桐原《きりはら》を想《おも》ってたんだよね？

「うーん……。たしかに、わたしがからんでる……」

ドラマのホームページによくあるような相関図《そうかんず》を描《か》くとしたら、わたしが真《ま》ん中《なか》に配置《はいち》されると思《おも》う。

考《かんが》えてると頭《あたま》が痛《いた》くなりそうで、こめかみをおさえていると、

「でもさっ！　いま、幸《しあわ》せだからいーじゃん！　あの、学年《がくねん》イチのイケメンの蓮見怜《はすみれい》くんと、つきあってるんだよ!?」

千絵《ちえ》が、バシっとわたしの背中《せなか》をたたいた。

「痛《いた》いってば。背骨《せぼね》折《お》れるっ」

千絵《ちえ》をうらめしげににらむ。

「それに、蓮見《はすみ》くんがイケメンだから、好《す》きになったわけじゃないもん」

「ひょおーっ。ノロケちゃってえぇーっ」

「ほんとだもん」

それに、蓮見《はすみ》くんがかっこよすぎて、モテすぎるせいで、苦労《くろう》もいろいろふりかかってくるんだよ。蓮見《はすみ》くんファンの子《こ》たちにからまれたり、にらまれたり、悪口《わるくち》言《い》われたり……。

「でも、だいじょうぶ！　わたし、強《つよ》いから！」

ガッツポーズを決《き》めると、

「ちょっとどうしたの？　いきなりキリッとしちゃって」

千絵《ちえ》がのけぞった。

「ふふっ。ね、はやく帰《かえ》ろ？　おなかすいちゃったよ」

かろやかに歩《ある》きだす。

わたしは、強《つよ》い。

ほんとは、弱《よわ》いけど。でもね、がんばって強《つよ》くなろうって、思《おも》えてるんだよ。

それは、蓮見《はすみ》くんを好《す》きになったおかげだよ。

＊

お花見《はなみ》パーティの返事《へんじ》は、もうとっくにだした。

でも、ただ出席《しゅっせき》するだけ、ひかるの企画《きかく》にのっかるだけじゃ、ものたりないなあ……。

家《いえ》に帰《かえ》って、シャワーを浴《あ》びて。お昼《ひる》ごはんは、ひとりでてきとうに、ゆうべの残《のこ》りのシチューを食べた（両親《りょうしん》は仕事《しごと》でいないし、妹《いもうと》も遊《あそ》びに行《い》ってる）。

そのあとは、やることもなく、ソファでごろごろ。

「ふわあ……。ねむい」

午前中《ごぜんちゅう》、思《おも》いっきり体《からだ》を動《うご》かしたし、おなかもいっぱいになったし。なにより、春《はる》だし。

上《うわ》まぶたと下《した》まぶたがくっつきそう……。

…………。

——ピンポーン。

音《おと》がして、はっと、目《め》をあけた。

やば、寝落《ねお》ちしそうになってた。

だれかきたみたい。宅配便《たくはいびん》かな？

インターホンのモニターをのぞくと、

「は、蓮見《はすみ》くんっ」

画面《がめん》の中《なか》の蓮見《はすみ》くんが、わたしに小《ちい》さく手《て》を振《ふ》っていた。

蓮見《はすみ》くんの家《いえ》は、わたしの家《いえ》のおむかいで、超《ちょう》・近所《きんじょ》。

しかも、お母《かあ》さん同士《どうし》が昔《むかし》からの友《とも》だちだから、家族《かぞく》ぐるみで仲《なか》よし。こうやって、気安《きやす》くおたがいの家《いえ》を行《い》き来《き》できる関係《かんけい》なんだ。

「ど、ど、どうぞっ」

だだっと玄関《げんかん》まで駆《か》け、ドアをあける。

「おはよ」

蓮見《はすみ》くんがにっこり笑《わら》う。

ま、まぶしいっ……!!

ライト浴《あ》びてます？　少女《しょうじょ》まんがみたいに、バックにお花《はな》、咲《さ》き乱《みだ》れてます？

蓮見《はすみ》くんが、いつにもましてキラキラして見《み》えるよ。

さらさらの、茶色《ちゃいろ》がかった髪《かみ》。透明感《とうめいかん》のある肌《はだ》に、アーモンド形《がた》の、きれいな瞳《ひとみ》。きれいすぎるうえに無表情《むひょうじょう》で、氷《こおり》みたいにクールな印象《いんしょう》だけど、わたしの前《まえ》では笑《わら》ってくれるの～！

それがすっごくかわいくて……。

って、こんなこと考《かんが》えてたら、また千絵《ちえ》に「ノロケ」って言《い》われる。

こほんとせきばらいして、平常心《へいじょうしん》を引《ひ》きよせた。

「おはよ、って。わたし、寝《ね》てないよ？」

眠《ねむ》りかけてはいたけど。

「だって真帆《まほ》、髪《かみ》、気《き》にしてるから」

言《い》われて気《き》づいた。

さっきから、わたし、しきりに、乱《みだ》れた髪《かみ》をなでつけてた。完全《かんぜん》に無意識《むいしき》だった。

だって、蓮見《はすみ》くんがこんなにかっこいいのに、わたしは寝転《ねころ》んでて髪《かみ》がぼさぼさだなんて、釣《つ》り合《あ》わなすぎる……！

「ところで、どうしたの？」

あがって、と、蓮見《はすみ》くんをうながす。

「おじゃまします。これ、焼《や》いたから」

蓮見《はすみ》くんが差《さ》しだした箱《はこ》。

受《う》け取《と》ると、ほのかに、甘《あま》いかおりが漂《ただよ》ってきた。

「このにおいは、生《なま》クリーム……？」

「正解《せいかい》」

「ってことは、ケーキ？」

「さあ。どうだろうね」

蓮見《はすみ》くんはにっと口《くち》の端《はし》をあげた。

蓮見《はすみ》くんは、すごく、お菓子《かし》づくりがうまいの。わたし、ちょくちょく、こうやって手《て》づくりのお菓子《かし》をごちそうになってる。

さいしょは、お菓子《かし》づくりが好《す》きだってことを、まわりにかくしていた蓮見《はすみ》くんだけど、いまは、「スイーツ部《ぶ》」っていう部活《ぶかつ》を立《た》ちあげて、仲間《なかま》たちといっしょに楽《たの》しく活動《かつどう》してるんだよ。

チームで、スイーツレシピのコンテストにもでたんだ。高校生《こうこうせい》もでる大会《たいかい》で、なんと、３位入《いにゅう》賞《しょう》したの。すごいよね？

箱《はこ》の中身《なかみ》は、というと……。

「わあっ。おいしそう〜!!」

ロールケーキだ！

キッチンで切《き》り分《わ》けて、お皿《さら》にのせる。紅茶《こうちゃ》もいれて、リビングで、蓮見《はすみ》くんとふたりで、「いただきます」をした。

ふわふわのスポンジの中《なか》には、生《なま》クリームがぎっしり。クリームの真《ま》ん中《なか》は、いちごと、キウイと、黄桃《おうとう》も入《はい》ってる。断面《だんめん》がカラフルでかわいい！

「うーん、おいしい！」

スポンジはふんわり甘《あま》くて、クリームも、こんなにたくさん入《はい》ってるのに軽《かる》くて、フルーツの甘酸《あまず》っぱさとマッチしてる。

「はっ、写真撮《しゃしんと》るの忘《わす》れてた！」

食《た》べたあとで気《き》づいた。こんなにかわいいケーキなのに、はやく食《た》べたい一心《いっしん》で、写真《しゃしん》を撮《と》りそびれちゃった。

「ケーキより、真帆《まほ》のほうが写真映《しゃしんば》えするよ」

ぼそっと、蓮見《はすみ》くんがつぶやいた。

「表情《ひょうじょう》コロコロ変《か》わって、おもしろすぎる」

「えっ！　なにそれどういうイミ⁉」

「そのまんま。真帆《まほ》はおもしろい。見《み》てて飽《あ》きない」

「……ほめてんの？　それ」

「もちろん」

ひょうひょうと、蓮見《はすみ》くんはこたえて、ケーキを口《くち》に運《はこ》んだ。

見《み》てて飽《あ》きない、かあ。

まあ、言《い》われて悪《わる》い気《き》はしないよね？

っていうかそれって、言《い》い換《か》えると、「ずっと見《み》てる」ってこと⁉

「キャーッ!!」

いきなり顔《かお》をおおったわたし。

「えっ、なに!?　虫《むし》でもでた!?」

蓮見《はすみ》くんがあわてて立《た》ちあがる。

「ご、ごめん。なんでもない……です」

気《き》を取《と》り直《なお》して、紅茶《こうちゃ》をひと口《くち》、飲《の》んだ。

蓮見《はすみ》くんのなにげないひとことに、動揺《どうよう》しすぎ。

人生《じんせい》はじめての「両想《りょうおも》い」。カレカノとしての「おつきあい」。毎日《まいにち》どきどきで、大変《たいへん》だよ!

もちろん……、幸《しあわ》せだけど!

蓮見《はすみ》くんも紅茶《こうちゃ》に口《くち》をつけた。カップを置《お》いて、わたしの目《め》を見《み》る。

「ところで、さ」

「うん」

わたしもカップを置《お》いた。

「お花見《はなみ》パーティって、どういう感《かん》じなんだろう」

「どういうって……?　蓮見《はすみ》くん、お花見《はなみ》、したことない?」

「小《ちい》さいころ、親戚《しんせき》でお花見《はなみ》に行《い》ったことあるけど。レジャーシートしいて、桜見《さくらみ》ながら飲《の》み食《く》いするだろ？　料理《りょうり》とか、どうすんのかなって」

「ああ……。たしかに。でも、開始《かいし》が午後《ごご》だから、お昼《ひる》はみんな、それぞれすませて、あとはお菓子《かし》とジュースを持《も》ちよって、って感《かん》じじゃないかな？」

遠足《えんそく》みたいに、お弁当《べんとう》を持《も》っていくわけじゃなさそう。それだったら、招待状《しょうたいじょう》にそう書《か》くだろうしね。

「まてよ。お菓子《かし》……」

わたしは、つぶやいた。

「お菓子《かし》をつくって、みんなにふるまったら、楽《たの》しいかも……」

きっとみんな、お店《みせ》でスナック菓子《がし》とかを買《か》って、持《も》ちよるよね？

つくっていったらかっこよくない？

まあ、蓮見《はすみ》くんはつくるかもだし、同《おな》じスイーツ部《ぶ》で、お菓子《かし》づくりがじょうずな、あすかちゃんもつくってくるかもしれないけど。

「真帆《まほ》、つくるの？」

「つくりたいなって思《おも》っちゃった。蓮見《はすみ》くんやあすかちゃんみたいに、プロ並《な》みのお菓子《かし》は無理《むり》だけどさ」

ははっと、笑《わら》う。

正直《しょうじき》、料理《りょうり》は苦手《にがて》。不器用《ぶきよう》だし、お菓子《かし》も、食《た》べるの専門《せんもん》。バレンタインはがんばったけど、手《て》をケガしたのもあって、ひとりじゃつくりあげられなかった。

「でも、苦手《にがて》なことをがんばるのって、実《じつ》は、きらいじゃないんだ」

お菓子《かし》づくりに関《かん》しては、ここに、頼《たよ》れるアドバイザーもいるしね！

「わかった。じゃ、おれは、サポートするよ」

にいっと、蓮見《はすみ》くんは笑《わら》った。

＊

お花見《はなみ》は明日《あした》。

わたしがつくることにしたのは、クッキーだよ。

みんなが手《て》に取《と》りやすいし、蓮見《はすみ》くんが、「そんなに難《むずか》しくないから」って言《い》ってたし。

うちのキッチンで、蓮見《はすみ》くん監修《かんしゅう》（？）のもと、クッキング、スタート！

「バターはちゃんと、室温《しつおん》に置《お》いておいた？」

蓮見《はすみ》くんに聞《き》かれて、わたしはこくこくっとうなずいた。

あらかじめ冷蔵庫《れいぞうこ》からだして室温《しつおん》に置《お》いて、やわらかくしたバターを、泡《あわ》だて器《き》ですり混《ま》ぜる。

「レシピ見《み》て、びっくりしちゃった。クッキーって、こんなにバターを使《つか》うんだね」

ガシガシとボウルのバターをかき混《ま》ぜながら言《い》うと、蓮見《はすみ》くんはうなずいた。

「あとさ、砂糖《さとう》もかなり使《つか》うよな。クッキーに限《かぎ》ったことじゃないけど」

「うん。っていうか、バター、いつまですり混《ま》ぜればいいの？」

けっこう力《ちから》もいるし、泡《あわ》だて器《き》のあいだにバターが入《はい》り込《こ》んで混《ま》ぜにくい。

「白《しろ》っぽくなるまで。ここでがんばってよく混《ま》ぜておくと、あとで卵《たまご》を混《ま》ぜるときに分離《ぶんり》しにくいし、さくっと軽《かる》い口当《くちあ》たりのクッキーになる」

「なるほど……」

じゃあ、がんばるしかないな。

となりで、アドバイス……っていうか、指導《しどう》してくれている蓮見《はすみ》くんは、エプロンすがた。青《あお》いギンガムチェックのエプロンで、けっこうかわいい。

わたしのエプロンは、小学生《しょうがくせい》のころ家庭科《かていか》の授業《じゅぎょう》でつくったもので、当時《とうじ》はやっていたキャラ物《もの》の柄《がら》。かわいいけど……子《こ》どもっぽい。なにより、サイズが小《ちい》さい！

でも、これしか持《も》ってないんだよね……。

バターが白《しろ》っぽくなってきたから、つぎは砂糖《さとう》を入《い》れてさらに混《ま》ぜる。

「真帆《まほ》ってさ」

「ん？」

「誕生日《たんじょうび》、いつだっけ」

「5月《がつ》だけど」

「まじ？　おれも5月《がつ》」

「えーっ」

うれしい。いっしょに誕生日《たんじょうび》パーティできるじゃん！

わたしたちが出会《であ》ったのも、5月《がつ》だし……！

つ、つきあいはじめたのは、2月《がつ》だけどっ……。思《おも》いだすと、かあーっと顔《かお》が熱《あつ》くなる。

「で、誕生日《たんじょうび》がどうしたの？」

「……いや。真帆《まほ》の誕《たん》プレ、思《おも》いついちゃって」

「えっ？　なになに？」

「いや、ふつう秘密《ひみつ》にするだろ？」

「聞《き》きたいよ～」

おねだりすると、蓮見《はすみ》くんは、

「……エプロン」

と、しぶしぶこたえてくれた。

「おれと、おそろいとか、……どうかなって」

蓮見《はすみ》くんってば、真《ま》っ赤《か》だよ～！

わたしまではずかしくなっちゃう。

「おそろいとか、引《ひ》く？」

片手《かたて》で顔《かお》をおおった蓮見《はすみ》くんは、指《ゆび》の隙間《すきま》から、ちらっとわたしをうかがった。

「ひ、引《ひ》かない。っていうかうれしい。ほしい」

ペアルックとか、リンクコーデでおでかけとかは、ちょっとまだはずかしいけど、エプロンがおそろいって、かなり、いいかも。

家《いえ》で使《つか》うときも、蓮見《はすみ》くんのことを思《おも》いだせるし。

蓮見《はすみ》くんも、スイーツ部《ぶ》でエプロンつけるとき、わたしのことを思《おも》いだしてくれたり……。

「きゃあああっ。やだ、もうっ！」

バシバシと、蓮見《はすみ》くんの肩《かた》をたたいた。

「真帆《まほ》、落《お》ち着《つ》けって。ほら、つぎは溶《と》き卵《たまご》を混《ま》ぜて」

「はあい」

分離《ぶんり》せずにきれいに混《ま》ざるように、何回《なんかい》かにわけて、少《すこ》しずつバターに卵《たまご》を混《ま》ぜていく。

卵《たまご》が混《ま》ざったら、つぎは、小麦粉《こむぎこ》。けっしてこねないように、さっくり混《ま》ぜるんだって。

「そうそう。ゴムべらで生地《きじ》を切《き》るように混《ま》ぜて。うん、上手《じょうず》だ」

ほめられて、わたしは上機嫌《じょうきげん》！

生地《きじ》をまとめてラップにくるみ、冷蔵庫《れいぞうこ》で寝《ね》かせる。

そのあいだに、使《つか》った道具《どうぐ》を洗《あら》っていくよ。

「おそろいのエプロンかぁ……。ねえ、いっしょに買《か》いにいくのはどう？」

「それ、いいな。ふたりででかけられるし」

蓮見《はすみ》くんも、洗《あら》い物《もの》をてつだってくれてる。キッチンの流《なが》し台《だい》にふたりならんでいると、ときどき、うでとうでがふれあっちゃう。

「それって、デート……だよね？」

ちらっと蓮見《はすみ》くんを見《み》あげると、蓮見《はすみ》くんは、さらに赤《あか》くなっている。

やばい。どきどきが止《と》まんない。

実《じつ》は、ホワイトデーの日《ひ》に、デートしたんだ。

まだ片思《かたおも》いしてたころ、ひかるたちとダブルデートっぽいのは行《い》ったことあるけど、ふたりきりででかけるのははじめてだった。

すごく楽《たの》しかったし、手《て》も……、つないじゃったの！

「春休《はるやす》み中《ちゅう》も、どこか、ふたりで行《い》きたいな」

どこでもいいんだ。なんなら、近所《きんじょ》の河川敷《かせんしき》とか、ショッピングモールとか、うちの学校《がっこう》の生徒《せいと》がよく行《い》く駄菓子屋《だがしや》でもいい。

「おれも、行《い》きたい」

蓮見《はすみ》くんがわたしをみつめた。

そのまなざしが、すっごくやさしくて、胸《むね》がきゅーっとなる。

蓮見《はすみ》くんがこんなやわらかい表情《ひょうじょう》を見《み》せるのは、わたしといっしょにいるときだけ……。

ふたりのあいだに甘《あま》い空気《くうき》がただよいはじめた、そのとき。

「ただいまーっ！」

大《おお》きな声《こえ》とともに、だだっと、妹《いもうと》の美奈《みな》が駆《か》けてきた。

「おなかすいたー！　って、あっ」

蓮見《はすみ》くんがいるのに気《き》づいた美奈《みな》は、きゅうに口《くち》をつぐんだ。

美奈《みな》はわたしの2個下《こした》で、4月《がつ》から6年生《ねんせい》になる。

「い、いらっしゃいませ……」

蓮見《はすみ》くんにむけて、ぎこちなく頭《あたま》をさげた。

「あの。申《もう》し訳《わけ》ないんだけど、いまからここに、クラスの友《とも》だちが遊《あそ》びにくる……ん、だよね。しかも、たくさん」

「あ、はい」

そっか。じゃあ、かなりにぎやかになるね。

寝《ね》かせた生地《きじ》を冷蔵庫《れいぞうこ》から取《と》りだしたタイミングで、美奈《みな》の友《とも》だちがやってきた。男子《だんし》3人《にん》、女子《じょし》ふたり、あわせて5人《にん》いる。

リビングでゲーム大会《たいかい》をはじめた美奈《みな》たちを横目《よこめ》に、もくもくと作業《さぎょう》をする。

めんぼうで生地《きじ》をのばし、型《かた》でぬいていく。

百円《ひゃくえん》ショップで、桜《さくら》の花《はな》びらの形《かたち》をしたクッキー型《がた》を見《み》つけたんだ。ひかるにもらった招待状《しょうたいじょう》カードと同《おな》じ！

予熱《よねつ》したオーブンで、焼《や》きあげる。

ふんわりと、甘《あま》いにおいがしてきたころあいで。

「すっごい、いいにおいなんだけど！」

わらわらと、美奈《みな》とその友《とも》だちが、キッチンに集《あつ》まってきた。

オーブンが、チン、と鳴《な》る。

「いまから取《と》りだすよ」

おごそかにつげて、オーブンをあける。天板《てんぱん》の上《うえ》のクッキーは、おいしそうに焼《や》けている
……！

「蓮見先生《はすみせんせい》！　どうですか!?」

かしこまった口調《くちょう》で聞《き》くと、蓮見《はすみ》くんは、指《ゆび》で「OK《オーケー》」のサインをだしてくれた。

わあっと、美奈《みな》たちが歓声《かんせい》をあげる。

「ねえねえ1個食《こた》べさせてよ〜」

美奈《みな》におねだりされたけど、

「ごめん。みんなにあげたいけど、これは、明日《あした》、パーティに持《も》っていく用《よう》なんだ」

みんなにふるまってたら、なくなっちゃうよ。明日《あした》のお花見《はなみ》、けっこうたくさんの人《ひと》がくるから、ただでさえ、いっぱい焼《や》かなくちゃいけないのに。

「ちぇーっ」

やんちゃそうな男《おとこ》の子《こ》が、ぶうたれた。

「またつくってやるよ」

と、蓮見《はすみ》くん。

男《おとこ》の子《こ》は、ちらっと蓮見《はすみ》くんを見《み》あげると、

「ってか、その……。お菓子《かし》の先生《せんせい》なんですか？」

と、たずねた。

さっきわたしが、ふざけて、「蓮見先生《はすみせんせい》」なんて呼《よ》んでたからだ。

でも、実際《じっさい》、わたしにとっては、いい「先生《せんせい》」なわけで。

「そうだよ」

と、わたしはこたえた。

「蓮見《はすみ》くんは、めちゃくちゃお菓子《かし》づくりがうまいの。コンテストでも入賞《にゅうしょう》したしね」

「へえーっ」

男《おとこ》の子《こ》も、ほかの子《こ》たちも、感嘆《かんたん》の声《こえ》をあげる。

「お菓子《かし》のコンテストなんてあるんだ。知《し》らなかった」

「でたい？」

たずねると、やんちゃそうな男子《だんし》くんは、

「ちょっと興味《きょうみ》あるかも」

と、こたえた。

「じゃあ」

蓮見《はすみ》くんが口《くち》を開《ひら》く。

「中学生《ちゅうがくせい》になったら、スイーツ部《ぶ》に入《はい》りなよ。おれが教《おし》えてやるよ」

わわっ！　勧誘《かんゆう》してる〜!!

「あたし、入部《にゅうぶ》するかも〜」

美奈《みな》があまえた声《こえ》をだした。すると、さっきの男子《だんし》くんが、

「美奈《みな》が入《はい》るなら、おれも入部《にゅうぶ》する」

と、ムキになった。おやおや？　これはもしや……。

「岡部《おかべ》が入《はい》るなら、あたしはやめとこうかな」

と、美奈《みな》。この子《こ》、岡部《おかべ》くんっていうんだ。

「はあーっ？　なんでだよ」

「じょうだんだよっ」

美奈《みな》は、笑顔《えがお》で、かわいく小首《こくび》をかしげた。岡部《おかべ》くんは赤《あか》くなってる。

ふざけあいながら、美奈《みな》たちは、ゲームのつづきをしに、もどっていった。

美奈《みな》の奴《やつ》、なかなかの小悪魔《こあくま》だな……。

それはそうと。

蓮見《はすみ》くんが、お菓子《かし》づくり初心者《しょしんしゃ》の新入部員《しんにゅうぶいん》たちに、手取《てと》り足取《あしと》り教《おし》えてあげている場面《ばめん》を想《そう》像《ぞう》したら、けっこうしっくりきた。

教《おし》え方《かた》、けっこううまいもんね？

クールで他人《たにん》に無関心《むかんしん》なように見《み》えるけど、実《じつ》は面倒見《めんどうみ》もいいしさ。

「なに？　おれの顔《かお》、じっと見《み》て」

蓮見《はすみ》くんが首《くび》をかしげる。

「蓮見《はすみ》くんが、将来《しょうらい》お菓子教室開《かしきょうしつひら》いたら、大人気《だいにんき》だろうなーって」

「そうか？」

「そうだよ。あっ、お菓子屋《かしや》さんを開《ひら》いて、週《しゅう》イチで教室《きょうしつ》もやるのはどう？」

「おれが通《かよ》ってる教室《きょうしつ》も、そのスタイルだよ」

「そうそう。いいいんじゃない？」

「軽《かる》く言《い》うなあ」

蓮見《はすみ》くんは、やれやれとため息《いき》をついた。

「いいじゃん。夢《ゆめ》なんだから、ぱーっと明《あか》るく、楽《たの》しく考《かんが》えようよ」

「……ん。たしかに、楽《たの》しいな」

蓮見《はすみ》くんのほおがゆるんだ。

「で。おれが店《みせ》と教室《きょうしつ》開《ひら》いたら、真帆《まほ》はどうすんの？」

「わたし？　わたしは……」

うで組《ぐ》みして、しばらく考《かんが》えたあと。

「もちろん、味見係《あじみがかり》で！」

ぐっと、親指《おやゆび》をたてる。

蓮見《はすみ》くんは、ぷっと吹《ふ》きだした。

「真帆《まほ》のそういうとこ、まじで好《す》きだな」

ぼそっと、蓮見《はすみ》くんがつぶやいた。

「えっ？　なになに？」

好《す》き……とか、言《い》いました？　聞《き》きまちがい？

「なにも言《い》ってない。まじで」

「うそ！　言《い》ってた！」

よく聞《き》こえなかったけど、たしかに、なにか言《い》ってた。

「言《い》ってねーって！」

「もう1回言《かいい》ってよ～」

「それより、はやく第《だい》2陣《じん》、焼《や》かないと。日《ひ》が暮《く》れるぞ？」

「ごまかした……」

ぶうたれて、残《のこ》りの生地《きじ》をめんぼうで広《ひろ》げる。

ひたすらに、型《かた》でぬいていたら。

「……ごめん。好《す》きって、言《い》った」

耳《みみ》もとで、声《こえ》がした。

見《み》あげると、蓮見《はすみ》くんが、ぱっとわたしから顔《かお》をそらした。

その横顔《よこがお》を見《み》ていると、急《きゅう》にどきどきしてきて。

「もう1回《かい》……、言《い》って？」

つい、お願《ねが》いしてしまった。

「そんなにかわいい顔《かお》でおねだりするなよ……」

蓮見《はすみ》くんは、真《ま》っ赤《か》になってその場《ば》にしゃがみこんだ。

「いつから真帆《まほ》は、そんなに小悪魔《こあくま》になったんだ」

「え」

わたしが？　小悪魔《こあくま》？　美奈《みな》じゃなくってわたしが？

「デビル森下《もりした》って呼《よ》んでいいよ」

「急《きゅう》にお笑《わら》い芸人《げいにん》みたいになった」

しゃがんだまま、くくっと、蓮見《はすみ》くんは笑《わら》っている。

だってはずかしくなったんだもん。

あまあまな雰囲気《ふんいき》から、あわててモードチェンジしちゃった。

「さて。はりきって焼《や》くぞ〜！」

こぶしを高《たか》くつきあげると、わたしは、天板《てんばん》をオーブンにセットした。
蓮見《はすみ》くんとの、「両想《りょうおも》い」の日々《ひび》。
くすぐったくて、はずかしくって、まだ慣《な》れないけど。
毎日《まいにち》が色《いろ》あざやかで、とっても楽《たの》しい。
蓮見《はすみ》くんが大好《だいす》き。友《とも》だちのみんなのことも、大好《だいす》き。
大好《だいす》きが、ふえていく。
明日《あした》も蓮見《はすみ》くんに会《あ》える。みんなに会《あ》える。
みんなと、満開《まんかい》の桜《さくら》の下《した》で、笑《わら》いたい。
どうか、いい天気《てんき》になりますように……！

6. みんなでお花見《はなみ》パーティ！

30日《にち》、日曜日《にちようび》。

願《ねが》ったかいがあって、ぴかぴかの、いい天気《てんき》だよ。

肌《はだ》をなでる風《かぜ》はやわらかくて、あったかくて、気持《きも》ちいい。

バスに乗《の》ってむかうのは、清見ヶ原公園《きよみがはらこうえん》。わたし、真帆《まほ》は、小《ちい》さいころに家族《かぞく》ときたことがある。

となりの座席《ざせき》にすわった蓮見《はすみ》くんは、去年引《きょねんひ》っ越《こ》してきたから、はじめてのはず。

目的《もくてき》の停留所《ていりゅうじょ》に着《つ》いて、バスをおりる。

「もう、みんな、きてるよね」

「きてるだろうな」

実《じっ》は、1本早《ぽんはや》いバスでくるつもりだったんだけど、乗《の》りそこねちゃって。

めちゃくちゃ楽《たの》しみにしてたのに、遅刻《ちこく》しちゃった！
木々《きぎ》にかこまれた、細《ほそ》い坂道《さかみち》をのぼっていく。
ぱっと視界《しかい》がひらけて、あらわれたのは、桜《さくら》、桜《さくら》、桜《さくら》！
「すごい。満開《まんかい》だ……！」
思《おも》わず、蓮見《はすみ》くんと顔《かお》を見合《みあ》わせる。
蓮見《はすみ》くんの瞳《ひとみ》も、キラキラしてるよ。
公園《こうえん》のぐるりを取《と》りかこむように植《う》えられた、たくさんの桜《さくら》の木《き》。
いま、力《ちから》いっぱい、咲《さ》き誇《ほこ》っている。
あわいピンク色《いろ》の花《はな》びらが重《かさ》なって、春風《はるかぜ》にゆれている。
その下《した》にいるのは……。
「真帆《まほ》ー！　蓮見《はすみ》くんー！」
ひかるが、大《おお》きく手《て》を振《ふ》った。
いくつも広《ひろ》げた、大《おお》きなレジャーシートの上《うえ》に、みんなが座《すわ》ってる。
ひかると宇佐木《うさぎ》。
桃花《ももか》と、河合先輩《かわいせんぱい》。

アキと、高橋《たかはし》くんと、新川先輩《しんかわせんぱい》。

あすかちゃんと、千絵《ちえ》。

桐原《きりはら》となつみちゃんは、演劇部《えんげきぶ》のセイジ先輩《せんぱい》と細井《ほそい》くんにつつかれて、はずかしそうな笑《え》みをうかべてる。

わたしと蓮見《はすみ》くんは、駆《か》けよった。

「みんな！　遅《おく》れてごめんね！」

「いいよいいよ、ほら、はやく座《すわ》って」

桃花《ももか》がわたしたちを手招《てまね》きした。

河合先輩《かわいせんぱい》が、紙《かみ》コップにジュースを注《そそ》いで、わたしと蓮見《はすみ》くんに手《て》わたしてくれた。

すっと、宇佐木《うさぎ》が立《た》ちあがる。

「じゃあ、全員《ぜんいん》そろったんで、あらためてカンパイします！」

こほん、とせきばらいして。

「カンパーイ！」

コップをたかだかと掲《かか》げた！

「カンパイ！」

みんなでコップのふちを合《あ》わせた。

「みんな、遅《おく》れてごめんね。実《じつ》は、お菓子《かし》を持《も》ってきました！」

平《ひら》たい、シンプルな紙箱《かみばこ》に、クッキーをわさっと詰《つ》めて持《も》ってきた。

おしゃれさのかけらもないけど、それも「わたしらしい」かなって。

なにより、味《あじ》には自信《じしん》があります！

「えっ、すごい！　蓮見《はすみ》くんが焼《や》いたの？」

アキが目《め》をかがやかせた。

「ちがうよ」

蓮見《はすみ》くんが、にやっと笑《わら》う。

「これは、真帆《まほ》が焼《や》いた」

「えーっ」

元《もと》・1年《ねん》2組《くみ》メンバーが、そろって声《こえ》をあげた。

「まじかよ。めっずらしー」

桐原《きりはら》の声《こえ》が飛《と》んできて、

「うっさい」

と、ひとにらみした。

クッキーの箱《はこ》を、みんなにまわして、食《た》べてもらう。

「おいしい〜」

と、ひかる。

「すっごいサクサクしてる」

と、なつみちゃん。

あすかちゃんも、

「おいしいよ。真帆《まほ》ちゃん、スイーツ部《ぶ》においでよ」

と言《い》ってくれた。

みんなに、こんなにほめてもらえるなんて、うれしい！

＊

みんなで持《も》ちよったお菓子《かし》を食《た》べながら、おしゃべりに花《はな》を咲《さ》かせる。

いちばん盛《も》りあがっているのは、やっぱり、桐原《きりはら》となつみちゃんの話題《わだい》！

「で、どっちからコクったの？」

にこにこ笑顔《えがお》で、河合先輩《かわいせんぱい》がぐいぐい質問《しつもん》していく。

「やめてくださいよ〜」

桐原《きりはら》、照《て》れまくってる。

「あたしです、あたし！」

なつみちゃんはハキハキこたえてる。かっこいいなあ。

「へえ〜。っていうか、なにきっかけで仲《なか》よくなったの？」

さらに深掘《ふかぼ》りしていく河合先輩《かわいせんぱい》。

さすが新聞部《しんぶんぶ》。っていうか、まるで週刊誌《しゅうかんし》の記者《きしゃ》？

いっぽう、アキは、

「新曲《しんきょく》の歌詞《かし》、やっと、ぜんぶ書《か》きあがったんだよ」

と、胸《むね》をはっている。

「いや、月岡《つきおか》の歌詞《かし》、けっこういい詞《し》なんだけどさ。曲《きょく》つけんのムズくて」

新川先輩《しんかわせんぱい》は、自分《じぶん》の頭《あたま》をわさっとかきまぜた。

「人《ひと》の書《か》いた歌詞《かし》に曲《きょく》つけることって、いままでありました？」

高橋《たかはし》くんが聞《き》くと、先輩《せんぱい》は、

「いや、ない」

と、首《くび》を横《よこ》に振《ふ》った。

「力入《ちからはい》っちゃうよな。月岡《つきおか》が、せっかくいい詞《し》をくれたんだから、それに見合《みあ》う曲《きょく》を……って」

「いい詞《し》だなんて、それほどでもぉ〜」

アキ、まんざらでもなさそう。

「っていうか、３人《にん》の音楽《おんがく》ユニットって、名前《なまえ》、あるんだっけ」

素朴《そぼく》な疑問《ぎもん》をぶつけたのは、宇佐木《うさぎ》だ。

「言《い》われてみれば……ない」

新川先輩《しんかわせんぱい》がつぶやく。

アキも、高橋《たかはし》くんも、ぽかんとしている。

「っていうか３人《にん》とも、いままでそこに思《おも》い至《いた》らなかったの、逆《ぎゃく》にすごくない？」

千絵《ちえ》が言《い》うと、セイジ先輩《せんぱい》が、うんうん、とうなずく。

たしかに。配信《はいしん》までしてるのに……。

「ふつうまっさきに決《き》めるよな？　ユニット名《めい》」

ですよね、と、細井《ほそい》くんがあいづちを打《う》った。

するとアキが、すっと立《た》ちあがって、ぱんぱん、と、手《て》を打《う》った。

「みなさーん！　お願《ねが》いがあります！」

みんな、おしゃべりをやめて、アキに注目《ちゅうもく》する。

「あたしと、新川先輩《しんかわせんぱい》と、渉《わたる》のユニット。まだ名前《なまえ》がありません。そこで、かっこいい名前《なまえ》を、大募集《だいぼしゅう》しまーす！」

えーっ！　と、みんなが声《こえ》をあげた。

「ちょっとアキ、そんな大事《だいじ》なこと、この場《ば》のノリで募集《ぼしゅう》しちゃっていいの？」

桃花《ももか》がアキをこづく。

「いいよね？」

アキが、新川先輩《しんかわせんぱい》と高橋《たかはし》くんを、交互《こうご》に見《み》た。

「ん、まあ、いいんじゃないか？」

「おれも、いいと思《おも》う」

……いいんだ。ゆるいなあ……。

はーい！　と、さっそく手《て》をあげたのは、桐原《きりはら》。

「今日《きょう》の会《かい》にあやかって、チェリーブロッサムってのはどうだ？」

「そのまんまじゃん」

桃花《ももか》がつっこむ。

「じゃあ……、TST《ティーエスティー》は？」

「なにそれ」

「月岡《つきおか》・新川《しんかわ》・高橋《たかはし》の頭文字《かしらもじ》をとった」

「却下《きゃっか》！」

「そうか。やっぱ年上《としうえ》を先《さき》にすべきだよな。ってことは、STT《エスティーティー》か？」

「きゃーっか！」

「なんだよ江藤《えとう》。ダメだしばっかしてねーで、おまえも案《あん》だせよなっ」

「案《あん》だせもなにも、思《おも》いついたことをぽんぽん口《くち》にだしゃいいってもんじゃないのよ」

「おれは、まじでいいと思《おも》って言《い》ってんだけど？」

わーっ！　いまにも口《くち》げんかがはじまりそう！

でも、桐原《きりはら》と桃花《ももか》って、けっこういいコンビだよね……？

「この場《ば》でいいアイデアがでないんだったら、学校新聞《がっこうしんぶん》に募集記事《ぼしゅうきじ》載《の》せようか？」

と、河合先輩《かわいせんぱい》。

「じゃあ、そうしよう」

と、新川先輩《しんかわせんぱい》は笑顔《えがお》でこたえた。

＊

楽《たの》しい時間《じかん》は、あっという間《ま》に過《す》ぎる。

だんだん、日《ひ》がかたむいてきて、太陽《たいよう》のひかりがはちみつ色《いろ》に変《か》わりはじめてきたけど。

相変《あいか》わらず、わいわいと、みんな、もりあがっている。

ひかるが、そんなみんなのようすを、目《め》を細《ほそ》めて見守《みまも》っていた。

わたしは、ひかるのとなりに、そっとよった。

「ひーかるっ」

「真帆《まほ》」

「なんか、ひかる、すっごいやさしい目《め》、してたよ」

「え？　そうかな？」

うんうん、と、うなずく。

「わたしね。修了式《しゅうりょうしき》の日《ひ》。実《じつ》は、すっごく、さびしかったんだ」

ひかるが、そっと、ささやくようにつげた。

「進級《しんきゅう》したら、また、クラスが変《か》わるでしょ？　なんだかもったいなくて。せっかく仲《なか》よくなれたのに」

「うん……。そうだね」

いろいろあったけど、楽《たの》しかったな。

因縁《いんねん》の桐原《きりはら》とも同《おな》じクラスだったし、転校生《てんこうせい》の蓮見《はすみ》くんもやってきて、家《いえ》が近所《きんじょ》のわたしは、女子《じょし》たちにやっかまれて。

1学期《がっき》のはじめのころは、わたし、これからどうなるんだろうって思《おも》ったけど。

まさか、こんなになごやかに、みんなで笑《わら》いあう日《ひ》がくるなんて。

「真帆《まほ》は蓮見《はすみ》くんと出会《であ》えて、ほんとによかったね」

ひかるがほほえむ。

「ひかるこそ。宇佐木《うさぎ》との出会《であ》い、運命《うんめい》じゃん」

宇佐木《うさぎ》と仲《なか》よくなってから、ひかる、どんどん前向《まえむ》きになっていった。

「ん」

ひかるは、小《ちい》さくうなずくと、

「でも、ね。なにより、出会《であ》えてよかったなって思《おも》ったのは……」

言《い》いかけたそのとき。

「なに、ふたりでしっとり語《かた》りあってんのー？」

桃花《ももか》がやってきた。

「あたしたちも交《ま》ぜてよ〜」

アキも！

わたしとひかるは、顔《かお》を見合《みあ》わせた。

「出会《であ》えてよかったよね。『絶対好《ぜったいす》きにならない同盟《どうめい》』！」

にーっと、笑《わら》う。

「えっ？　なになに？　なんの話《はなし》？」

アキがわたしのうでに自分《じぶん》の手《て》をかけた。

「同盟《どうめい》は不滅《ふめつ》だよって話《はなし》だよ」

「だよね。完全同意《かんぜんどうい》！」

と、桃花《ももか》。
そのとき、ざあっと、強《つよ》い風《かぜ》が吹《ふ》いた。
はらはらと、桜《さくら》の花《はな》びらが舞《ま》う。
わたしたち、『絶対好《ぜったいす》きにならない同盟《どうめい》』メンバーにも。
ここに集《つど》った、大切《たいせつ》な仲間《なかま》たちにも。
桜《さくら》の花《はな》びらはふり注《そそ》ぐ。
まるで、わたしたちの『これから』を、祝福《しゅくふく》してくれているみたい。
「きれいだね……」
つぶやくと、みんな、ゆっくりと、うなずいた。
目《め》を閉《と》じて、そっと祈《いの》る。
わたしたちの未来《みらい》が。明日《あした》が。
ずっと、ずっと、きらきらと、かがやきつづけますように……！

あとがき

こんにちは。夜野《よるの》せせりです。

「絶対好《ぜったいす》きにならない同盟《どうめい》」シリーズ、ついに最終巻《さいしゅうかん》をむかえました！

ここまで読《よ》んでくれたみなさん、応援《おうえん》してくれたみなさん、ありがとう！

「同盟《どうめい》」シリーズは、５人《にん》の主人公《しゅじんこう》がいて、１巻《かん》ずつ主人公《しゅじんこう》が変《か》わる、というスタイルでした。

真帆《まほ》、ひかる、桃花《ももか》、アキ、なつみ。

読者《どくしゃ》のみんなが、「自分《じぶん》はこの子《こ》に似《に》てるなあ」とか、「この子《こ》の気持《きも》ち、わかるなあ」とか、あるいは、「この子《こ》と友《とも》だちになったら楽《たの》しいだろうなあ」とか、思《おも》ってくれたらうれしいな、と考《かんが》えながら書《か》いていました。

５人《にん》の主人公《しゅじんこう》だけじゃなく、男子《だんし》たちや、部活《ぶかつ》やクラスの友《とも》だちなど、いろんなキャラがたくさん生《う》まれました。最終巻《さいしゅうかん》では、みんなが大集合《だいしゅうごう》。楽《たの》しくにぎやかな、笑顔《えがお》いっぱいのラストシーンになったと思《おも》います！

もう、この子《こ》たちの話《はなし》を書《か》くことはないんだな……と思《おも》うとさびしいですが、時々《ときどき》、「真帆《まほ》は今《いま》どうしてるかな」とか、「桃花《ももか》はこのあとどうなったのかな」とか、思《おも》い出《だ》してもらえるとうれしいです。

「絶対好《ぜったいす》きにならない同盟《どうめい》」のみんなが、これからも、みなさんの友《とも》だちでありますように！

最後《さいご》になりましたが、めちゃくちゃ美《うつく》しい&《アンド》かわいいイラストを描《か》いてくださった、朝香《あさか》のりこさま（イラストをいただくたび、神《かみ》！　と感動《かんどう》していました）。

シリーズ立《た》ち上《あ》げからラストまで、ともに走《はし》ってくださった、担当編集《たんとうへんしゅう》の花田《はなだ》さま。みらい文《ぶん》庫編集部《こへんしゅうぶ》のみなさま。ありがとうございました。

そして、この本《ほん》を手《て》に取《と》ってくれたみなさま、ほんとうにありがとう。

また会《あ》える日《ひ》を楽《たの》しみにしています！

夜野《よるの》せせり

P《ピー》・S《エス》・新作準備中《しんさくじゅんびちゅう》です☆　お楽《たの》しみに〜！

★夜野先生《よるのせんせい》へのお手紙《てがみ》はこちらに送《おく》ってください。
〒101―8050　東京都千代田区一ッ橋《とうきょうとちよだくひとつばし》2―5―10
集英社《しゅうえいしゃ》みらい文庫編集部《ぶんこへんしゅうぶ》　夜野《よるの》せせり先生《せんせい》

同盟シリーズ
完結
おめでとうございます
この作品に携わることが出来て
とても光栄です！
夜野せせり先生、
約４年間お疲れ様でした…！
そして読んでくれた読者のあなた
本当にありがとうございます！

集英社みらい文庫

絶対《ぜったい》好《す》きにならない同盟《どうめい》
～未来《みらい》への一歩《いっぽ》、きみと一緒《いっしょ》に～

夜野《よるの》せせり・作
朝香《あさか》のりこ・絵

ファンレターのあて先
〒101-8050 東京都千代田区一ツ橋2-5-10 集英社みらい文庫編集部
いただいたお便りは編集部から先生におわたしいたします。

2025年 3 月26日 第1刷発行

発 行 者 今井孝昭
発 行 所 株式会社 集英社
〒101-8050 東京都千代田区一ツ橋2-5-10
電話 編集部 03-3230-6246
読者係 03-3230-6080
販売部 03-3230-6393（書店専用）
https://miraibunko.jp
装 丁 AFTERGLOW 中島由佳理
印 刷 TOPPANクロレ株式会社 TOPPAN株式会社
製 本 TOPPANクロレ株式会社

ISBN978-4-08-321896-5 C8293 N.D.C.913 188P 18cm

渚《なぎさ》くんをお兄《にい》ちゃんとは呼《よ》ばない
絶《ぜっ》対《たい》好《す》きにならない同《どう》盟《めい》

シリーズの

夜《よる》野《の》せせり先《せん》生《せい》が贈《おく》る

南《みなみ》の離《り》島《とう》が舞《ぶ》台《たい》の新《しん》作《さく》小《しょう》説《せつ》！

叔母《おば》さんの住《す》む南《みなみ》の離島《りとう》へ引越《ひっこ》した「つむぎ」。
きれいな海《うみ》、砂浜《すなはま》、青《あお》い空《そら》――きらきらした自然《しぜん》に心《こころ》がときめく。
砂浜《すなはま》で遊《あそ》んでいると「溺《おぼ》れてるのかと思《おも》った」
――湊也《そうや》という明《あか》るいバスケ好《ず》きの男《おとこ》の子《こ》に出会《であ》って……？

この島《しま》で新《あたら》しい自《じ》分《ぶん》になる……！

恋《こい》のどきどき、新《あたら》しくできた友《とも》だち、
ときめき100%《パーセント》の
ストーリーをお楽《たの》しみに！

絶《ぜっ》賛《さん》執《しっ》筆《ぴつ》中《ちゅう》！

「みらい文庫《ぶんこ》」読者《どくしゃ》のみなさんへ

　言葉《ことば》を学《まな》ぶ、感性《かんせい》を磨《みが》く、創造力《そうぞうりょく》を育《はぐく》む……、読書《どくしょ》は「人間力《にんげんりょく》」を高《たか》めるために欠《か》かせません。たった一枚《いちまい》のページをめくる向《む》こう側《がわ》に、未知《みち》の世界《せかい》、ドキドキのみらいが無限《むげん》に広《ひろ》がっている。これこそが「本《ほん》」だけが持《も》っているパワーです。

　学校《がっこう》の朝《あさ》の読書《どくしょ》に、休《やす》み時間《じかん》に、放課後《ほうかご》に……。いつでも、どこでも、すぐに続《つづ》きを読《よ》みたくなるような、魅力《みりょく》に溢《あふ》れる本《ほん》をたくさん揃《そろ》えていきたい。読書《どくしょ》がくれる、心《こころ》がきらきらしたり胸《むね》がきゅんとする瞬間《しゅんかん》を体験《たいけん》してほしい、楽《たの》しんでほしい。みらいの日本《にほん》、そして世界《せかい》を担《にな》うみなさんが、やがて大人《おとな》になった時《とき》、「読書《どくしょ》の魅力《みりょく》を初《はじ》めて知《し》った本《ほん》」「自分《じぶん》のおこづかいで初《はじ》めて買《か》った一冊《いっさつ》」と思《おも》い出《だ》してくれるような作品《さくひん》を一所懸命《いっしょけんめい》、大切《たいせつ》に創《つく》っていきたい。

　そんないっぱいの想《おも》いを込《こ》めながら、作家《さっか》の先生方《せんせいがた》と一緒《いっしょ》に、私《わたし》たちは素敵《すてき》な本作《ほんづく》りを続《つづ》けていきます。「みらい文庫《ぶんこ》」は、無限《むげん》の宇宙《うちゅう》に浮《う》かぶ星《ほし》のように、夢《ゆめ》をたたえ輝《かがや》きながら、次々《つぎつぎ》と新《あたら》しく生《う》まれ続《つづ》けます。

　本《ほん》を持《も》つ、その手《て》の中《なか》に、ドキドキするみらい――。

本《ほん》の宇宙《うちゅう》から、自分《じぶん》だけの健《すこ》やかな空想力《くうそうりょく》を育《そだ》て、〝みらいの星《ほし》〟をたくさん見《み》つけてください。

　そして、大切《たいせつ》なこと、大切《たいせつ》な人《ひと》をきちんと守《まも》る、強《つよ》くて、やさしい大人《おとな》になってくれることを心《こころ》から願《ねが》っています。

2011年《ねん》　春《はる》

集英社《しゅうえいしゃ》みらい文庫編集部《ぶんこへんしゅうぶ》